# 후엠 아이

**일러두기**

이 책은 글쓰기 수업으로 만들어져 표기와 맞춤법의 일부는 23명의 저자 고유의 스타일을 따릅니다. * 문장이나 글의 호응이 틀린 부분이 많더라도 너른 양해 부탁드립니다.

CA 공글은 Creative Author,
공간을 만드는 글쓰기의 줄임말입니다.

우리는 살면서 크든 작든 모두 자신의 자리를 갖고 있습니다. 어디를 가든 우리는 내 자리가 어디인지 부터 찾습니다. 처음 가는 곳은 내 자리가 있을지 궁금하고, 매일 가는 곳은 내 자리를 언제까지 지킬 수 있을지 걱정이 됩니다.

산다는 것은 어쩌면 내 자리를 만들고 그 자리를 잘 지키는 것이 아닐까요? 내가 떠난 후에도 내 자리가 남길 바라면서 말이죠.

2년 전이었습니다.
세상에서 가르치는 것이 제일 재미있고 즐거웠던 제게 가르치는 것에 대한 회의가 밀려왔습니다. 시도 소설도 심지어 글을 쓰는 것조차도 유형을 분석해서 문제로 만들어 오로지 등급 높이는 것에만 온 신경을 곤두세우고 있는 제가 보였기 때문입니다.

국어의 4대 영역에는 말하기, 듣기, 읽기, 쓰기가 있습니다. 이들은 서로 긴밀히 연결되어 있어, 들으면 말할 수 있어야 하고, 읽은 내용은 정리해서 쓸 수 있어야 합니다. 하지만 제가 이십 년 넘게 국어를 가르치며 바라본 우리 교육의 현장은 그렇지 않았습니다. 초등학교부터 대학까지 16년 동안 국어 공부를 했어도 들은 것을 말로 옮기지 못하고 읽은 것을 손으로 쓸 줄 모르는 아이들이 대부분이었습니다. 왜 이런 현상이 나타난 걸까요? 전 그 이유가 국어를 푸는 과목으로 생각하는 우리의 교육시스템 때문이라고 생각합니다. 국어는 푸는 과목이 아니라 듣고 말하고 읽고 쓰는 능력을 길러 자신의 생각을 표현하는 과목입니다. 아이들이 자라서 어느 곳에서 무슨 일을 하든 글쓰기는 필요합니다. 저는 글쓰기를 통해 아이들에게 아이들만의 자리를 만들어 주고 싶습니다. 그래서 만들어진 것이 공간을 만드는 글쓰기, CA공글입니다.

CA공글은 초·중등 학생을 대상으로 일 년간 주 1회 세 시간, 영어와 국어로 진행되는 글쓰기 수업입니다. 처음 6개월은 한 달에 한 권 아이들이 돌아가면서 추천한 책을 읽습니다. 어른들이 정해놓은 필독 도서를 억지로 읽지 않습니다. 한 달 동안 책 한 권을 가지고 일주일에 한 번씩 총 네 번 수업합니다. 일주일씩 분량을 나눠 책을 읽고 수업 시작 전 미리 내준 과제를 자신의 온라인 계정에 올립니다. 수업은 친구들이 해온 과제를 서로 합평하고 독서 퀴즈, 문법, 장르별 글쓰기 등으로 진행이 되는데 중간중간 경제나 심리학 등의 낯선 용어들을 배우는 시간을 갖기도 합니다. 영어 역시 책을 읽고 장르별 글쓰기 수업으로 진행이 됩니다. 다음 6개월은 소설 쓰기로 진행이 되는데 먼저 국어로 소설을 쓰고 그다음 자신이 쓴 글을 영어로 번역을 합니다.

    공글 수업의 최종 목표는 자신의 이름으로 된 책(한글, 영문)을 출간해서 글쓰기로 자신의 자리를 만드는 것입니다.
    자리값을 제대로 하는 아이로 키우시고 싶으신가요?
    그럼 지금 바로 CA공글로 오세요.

국어 성승제 jelluda

Imagine going abroad and the teacher asks you to write about a given topic. You look at your keyboard and all you can think of is the blinking cursor on the screen. Then you start thinking to yourself about the topic and draw a blank. Creative Authors is a class for students to be able to convey their thoughts in writing. In this class, we read books, discuss them, and have activities based on the reading. I also, teach students the different styles of writing so it will allow them to write in style.

What did I think of Creative Authors (CA)? In the beginning, as I watched these young minds coming into my class, I thought deeply about how I could build their writing skills and help them be creative. At first, I gave them reading assignments, I gave them comprehension questions, and then I gave them essay topics. Soon thereafter, I realized that everything I gave them was such a burden because they didn't have the time to do it, or it was just another assignment that they did because it was homework. I didn't want their writing to be done forcefully, I wanted them to write because they wanted to. All along it was about bringing out the writing that's already inside of each student and what sparked them. I only had to show how enthusiastic I was about the class and how glad I was to have such an opportunity to teach such bright-minded students. As I teach these gifted students, I hope that they will use each technique with their given skills to succeed in every possible way.

Who am I? is a question that we really do not think about deeply enough as a child and tend to forget who we once were, so I thought that writing about ourselves would be a great idea. Writing about who we are as a child could be something that they can cherish as a memory in their lives and not forget what had happened. I hope that one day everyone will look back and see what they have accomplished and how they have progressed. I love you all and I only hope for the best.

영어 Albert Chang

# 공글

| | |
|---|---|
| 네이버카페 | cafe.naver.com/gonggeul |
| 인스타그램 | www.instagram.com/gong.geul |
| 메 일 | sungseungje03@gmail.com |
| 전화번호 | 031.510.7007 |
| 주 소 | 경기도 남양주시 순화궁로 343 한민프라자 6층 |

| 04  | 프롤로그 |        |
|-----|---------|--------|
| 12  | 김혜린   | 경계선 |
| 26  | 박시우   | 체스 배우기 |
| 56  | 이다연   | YOU R |
| 93  | 강민주   | 오리 가정 폭력의 시작, 미운 오리 새끼 / |
|     |         | 개미와 베짱이의 원본 이야기 / 사자와 쥐 |
| 98  | 김학빈   | 모짜렐라 / 맹꽁이왕자 / 홍부 204세와 놀부 213세 |
| 104 | 이태은   | 엄지왕자 / 난쟁이들이 다시쓰는 백설공주 이야기 / |
|     |         | 제이콥의 친구가 알려주는 라푼젤 진짜 이야기 |
| 113 | 장진혁   | 행복한 공주 / 개미와 베짱이 / 토끼와 거북이 |
| 122 | 정동인   | 금도끼 은도끼 / 토끼와 거북이 |
| 126 | 정서우   | 여우와 두루미 / 곰과 나그네 |
| 130 | 현하린   | 여우와 포도 / 도끼 |
| 134 | 권대현   | 라일락 / 5일이 만든 기적 |
| 146 | 권도영   | 신기한 램프 / 현실판 루팡 |

| | | | |
|---|---|---|---|
| 150 | 김나현 | 멸치의 후회 / 착해진 늑대 / 토끼와거북이… and 타조 |
| 154 | 김단우 | 양치기 소년 1 / 양치기 소년 2 |
| 158 | 김민서 | 흥부와 놀부 / 엄지 공주 / 나이팅게일 / 금도끼 은도끼 |
| 166 | 김채은 | 토끼와 거북이 / 욕심 많은 고영희 |
| 170 | 도현빈 | 개미와 베짱이 / 운이 어마어마하게 없는 여자 / 달라서 특별한 오리 |
| 176 | 박이안 | 호랑이와 패드 |
| 178 | 서은유 | 여우와 코오롱 포도 / 여우와 두루미 |
| 182 | 신유진 | 커다란순무 2 / 로빈슨 크루소 2 |
| 184 | 유우민 | 망한 복수전 / 순둥이와 악마 쥐 / 7대륙이 된 설문대 할망 |
| 190 | 허단우 | 젊어진 할아버지와 길치 할아버지 / 토끼의 복수 / 요술 항아리 |
| 196 | 이승하 | Who am I |

| | |
|---|---|
| 199 | WHO AM I |

지은이 **김혜린**
Lina Kim

공글 1기 중학생 김혜린입니다. 어릴 때부터 책 만드는 것을 좋아했는데, 적은 분량이긴 하지만 책을 출간하게 되어 굉장히 설렙니다. 중학교에 올라오고 나서 시험 준비를 하다 보니 많은 문학작품들을 분석을 하게되었는데, 작가가 의도한 복선이나, 직접적으로 드러나 있지 않고 간접적으로 작가가 하고자 하는 말을 표현하지만 독자들이 그것을 알아들을 수 있도록 글을 쓰는 것에 흥미가 생겼습니다. 그래서 저는 이번 글을 쓰면서 '어떻게 하면 독자들이 내가 이렇게 쓴 의도를 파악할 수 있을까' 처럼 많은 고민을 가지고 글을 쓰게 되었는데 이러한 과정에서 제 글쓰기 실력에 많은 향상이 있었던 것 같습니다. 아직은 미숙한 실력이지만, 많은 책을 접하며 발전할 수 있도록 노력할 것입니다. 제 글이 독자 여러분들에게 여운을 남길 수 있기를 바랍니다.

# 경계선

"발사"

갑자기 눈앞이 이상해지더니 원인 모를 어떤 강한 힘에 의해 어디론가 빨려 들어가기 시작했다.

현실인지 가상인지 구분하지 못할 정도로 기분은 몽롱하고 어지러웠다. 눈을 떠보니 난생처음 보는 곳이었다.

'여긴 어디지?'

내가 타고 있던 우주발사체의 속도가 점점 빨라졌다. 이 탐사를 위해 훈련 때 겪었던 것보다 훨씬 심한 육체적, 정신적 고통이었다. 정신을 차릴 수 없었지만, 나는 차근차근 버튼들을 누르며 우주발사체의 단을 분리했다. 눈 앞에 펼쳐진 새까맣던 우주는 말로 표현할 수 없이 아름다웠다. 지구의 하늘에서 올려다보면 셀 수 있을 정도로 얼마 없던 별이, 이곳에서는 새까맣게 반짝이며 우주를 빛내고 있었다. (우주에 관해 공부할 때 보았던 별의 사진으로는, 별들이 주는 감동을 표현할 수 없었다.) 우리는 얼마 전에 처음으로 발견된 새로운 은하수를 보기 위해 그곳으로 향하고 있는 중이었다.

   나는 무중력 체험 훈련, 폐쇄공포증 훈련과 같은 혹독한 훈련을 거쳐 이 은하수를 탐사할 기회를 얻게 되었다. 어릴적 부터 꿈꿔왔던 일들이 지금 일어나고 있었기에 내 마음은 벅차올랐고, 내가 우리나라 역사에 한 획을 그은 것 같아 뿌듯했다. 나는 어떻게 우주인이 되냐며 내 꿈을 비웃었던 반 친구들과 불가능하다며 다른 꿈을 찾아보라던 선생님들에게 복수하는 기분이었다. 이런저런 생각도 잠시 우리가 탐사할 은하수가 저기 멀리 까마득히 보일 때쯤, 갑자기 눈 앞이 이상해지더니 원인 모를 어떤 강한 힘에 의해 어딘가로 빨려 들어가기 시작했다.
   현실인지 가상인지 구분하지 못할 정도로 기분은 몽롱하고 어지러웠다. 눈을 떠보니 난생처음 보는 이상한 곳이었다.

   '여긴 어디지?'

   나는 바닥에 쓰러져있었고, 앞에서는 사람과는 완전히 다르게 생긴 괴물들이 걸어 다니고 있었다. 그곳은 시장 같았고 가게 안은 쓰임새를 추정할 수 없는 물건으로 가득 차 있었다. 어떤 것은 인어의 꼬리에 지우개가 달린 듯한 모양이었고, 그 옆에는 긴 막대기에 셀로판테이프로 만든 깃발들이 꽂혀있었다. 주변을 거닐던 그 괴물들은 일정한 몸의 형태가 없고, 각각 생김새가 달랐다. 나는 주위를 돌아보았다. 건너편에 안내소가 있었다. 나는 그곳으로 발걸음을 향했다.

다행히도 인간세계에서 온 사람들이 종종 이곳에 오는지, 안내소 옆에 있는 서랍장 위에 "이것을 쓰면 우리들과 의사소통이 가능한다. 인간들에게"라고 쓰여있는 종이가 있었다. 통역에서 약간의 오류가 있었는지 문법적으로 맞지 않았지만, 이 세계의 말을 해석할 수 있게 해주는 것으로 생각되는 무전기와 거의 유사하게 생긴 기계가 있었다.

이곳에서는 인간과 다른 언어를 쓰는 듯했다. 사용자가 쓰는 언어마다 기계가 달랐기 때문에 나는 서랍장에서 한국어 칸에 담겨있던 기계를 꺼내 인내원 앞으로 걸어갔다.

내가 그 안내원 앞에서 기계에 대고 "저기…"라고 말을 걸자 안내원은 갑자기 벽 한쪽에 걸려있는 무전기를 집어 들고 알아들을 수 없는 언어로 무언가를 말하니 내 기계에서 "잠시만요."라는 음성이 흘러나왔다. 그 음성은 안내원의 목소리가 아니라 우리가 번역기를 썼을 때 나오는 인공적인 목소리였기 때문에 나는 웃음이 나오는 것을 겨우 참았다. 안내원은 주머니에 있던 무전기를 꺼내 그들의 언어로 무전기 너머 어떤 생명체와 대화를 나누었다.

대화가 끝나고 안내원은 하고 싶은 말을 하라는 손짓을 취했다. "이 생명체들은 무엇이며, 어디에서 왔습니까?" 나는 기계를 들고 질문을 했다.

"우리는 '스터븐'입니다. 우리는…" 안내원이 내 두 번째 질문에 답을 하려고 할 때, 스터븐 들이 나를 끌고 갔다.

눈을 떠보니 어디론가 이동하고 있었다. 몇 시간 전까지만 해도 우주선에 있었는데 갑자기 너무 많은 일이 일어나 나는 정신을 차릴 수가 없었다. 나는 주변을 둘러봤다. 아까와는 분위기가 완전히 달랐다. 분위기가 으스스하고 이상한 기운이 느껴지는 것이 점집 같았다. 눈앞에는 유령같이 생긴 스터븐이 나에게 마법을 걸고 있었다. 그래서인지 나는 아무것도 할 수가 없었다. 또 손은 아무 감각이 느껴지지 않았다. 목적지에 도착하고 어디론가 가기 위해 한참 동안 오르막길을 올라갔다.

그곳에 도착하니 통역사는 스터븐들이 쓰는 언어와 인간세계에서 쓰는 언어를 모두 구사할 수 있었다. 나와 스터븐 그리고 그 통역사는 한 테이블에 앉아 대화하기 시작했다.
스터븐들은 통역사에게 나에게 전하고 싶은 말을 전했고, 통역사는 내가 이해 할 수 있도록 해석해 주었다. 통역사의 말로는 내가 여기서 일해야 하고, 이미 인간세계에서 온 사람들은 노동을 하고 있다고 했다.

사람들 몸의 크기는 제각각이었다. 사실 몸의 일부분만 남아 있어 크기를 따지는 것이 무의미했다. 어떤 사람은 상체밖에 남아있지 않았고, 어떤 사람은 몸이 거의 다 없어져 머리와 팔만 남아있었다. 발부터 위로 향하는 방향으로 사라지는 듯했다.
통역사가 스터븐에게 모든 통역을 했다고 했고, 나를 끌고 온 스터븐은 바로 옆 반구 모양의 건물로 나를 밀었다. 스터븐이 나를 밀자 나는 그 건물의 벽을 뚫고 통과되었다. 나는 예상치도 못한 스터븐의 행동에 당황했다.

나는 무방비 상태로 중심을 잃고 반구 건물의 바닥에 넘어졌다. 나는 그 건물 안의 환경이 어떨지 두렵기도 했고 한편으로는 창피하기도 했기 때문에 쉽게 고개를 들지 못했다.
　그 건물은 밖에서는 안을 볼 수 있었지만, 안에서는 밖을 볼 수 없는 구조로 되어 있었다. 안에서 노동을 하고 있던 사람들은 갑자기 나타난 나를 보고 놀란 듯한 표정을 지었다. 나는 바로 옆에 있었던 아이를 따라 일하기 시작했다. 마침 내 자리가 그 아이 옆으로 배정이 되어 우리는 서로 이야기를 나누었다.
　"너는 어떻게 여기에 있는 거야?"
　나는 아이에게 어떻게 이곳에 오게 되었는지 물었다.
　아이는 내 질문에 익숙하게 대답했다.
　"저는 이곳에 오기 직전까지만 해도 할머니 댁 서재에서 고양이와 공놀이를 하고 있었어요. 공이 책꽂이 옆 빈틈으로 들어가서 주우려고 손을 뻗었거든요? 그런데 정말 이상하게도 어지럽고 기분이 이상했는데 눈을 떠보니 이상한 괴물들이 있었어요. 그나저나 우주복 멋있네요. 할로윈 파티를 다녀오셨나 봐요."

나는 아이의 말을 듣고 이곳으로 오는 사람은 특정 사람이지만, 이곳에 올 때는 공통적으로 어지럽고 이상한 기분을 느낀다는 것을 알았다. 하지만 '특정 사람'이란 어떤 사람들을 말하는 것인지 아직 알 수 없었다. 나와 같이 대화를 나누던 그 아이는 상체밖에 남아있지 않았다. 나는 아이에게 왜 몸의 상체밖에 남지 않았느냐고 물었다.

그러자 아이는 "이곳에 온 지 얼마 되지 않았죠? 이곳에 온 지 별로 안 된 사람은 언제나 늘 같은 질문을 해서 이제 익숙해요. 어쨌든 질문에 답변해 드리자면 여기에서는 몸이 조금만 남아 있을수록 이곳에 오래 있었다는 뜻이에요. 그러니까 일을 많이 했다는 의미겠죠. 우리는 이곳에서 머리와 팔만 남아있을 때까지 일을 해야 해요. 저는 얼마 남지 않았지만, 그쪽은 좀 오래 남아있어야겠네요. 제가 처음에 들어왔을 때는 아주 작은 꼬마였지만 지금은 이렇게 많이 컸으니까요. 하지만 시간은 걱정하지 마세요. 여기에서 5년은 현실 세계에서 2분이라는 말을 얼마 전에 깨달았거든요." 나는 이 말을 듣고 충격을 받았다.

아주 오랫동안 이곳에서 머물러야 한다는 생각에 잠겨 일을 하다보니 어느덧 저녁이 되었다. 관리인이 큰 파란색 버튼을 누르자 바닥에서 진동이 느껴졌다. 이곳에서도 지진이 일어나나 생각했지만, 옆에 있던 아이는 놀라지 말라며 일을 슬슬 마치라는 뜻이라고 설명해주었다.

나는 갑작스럽게 많은 일이 일어나 혼란스러웠음에도 이 신호체계는 기발하다는 생각이 들었다. 일을 마치라는 관리인의 큰 외침 소리에 놀라거나 멀리 있는 사람들이 듣지 못하는 일이 없을 테니 말이다.

내가 그 아이를 따라 뒷정리를 끝내고 나니 일을 마친 사람들은 관리인들을 따라 숙소로 가고 있었다. 사람들은 감옥 같은 좁은 곳에서 한 방에 두 명씩 생활하고 있었다. 작은 공간이었지만 있을 것은 다 있었다. 정상적으로 생활하기 충분해 보였다. 이곳에 있는 가구들은 현실 세계에 있던 가구들과 기능은 비슷했지만, 생김새나 사용 방법이 달라서 익히기에 오랜 시간을 들여야 했다.

나는 평소에 우리가 일상적으로 쓰는 가구들과 우주에서 사용하는 가구, 그리고 이 이상한 세계에서 쓰는 가구가 모두 작동법이 달라 많이 헷갈렸다. 어떤 때는 사용법이 생각나지 않아 바닥에 앉아 한참을 생각했던 적도 있다.

　여기에서 생활하는 것의 가장 큰 문제점은 이곳으로 오는 '특정 사람'이 너무 많고, 전 세계에서 사람들이 이곳으로 오기 때문에 거의 모든 사람이 같은 언어를 쓰지 않는다는 것이었다. 다행히 나는 운이 좋아서 그냥 가까이에 있던 아이에게 말을 걸었는데, 아이가 나와 같은 언어를 쓰고 있었다. 나는 그 아이와 가장 많은 말을 했고, 알게 모르게 아이에게 의지하게 되었다.

　이곳에서 하는 일은 한마디로 막노동이었다. 스터븐들은 살아가기 위해 인간세계에는 없는 원소가 필요했다. 이 원소는 정말 찾기 힘들기 때문에 스터븐들은 원소를 인공적으로 생산했다. 원소 이름은 '아디케스라'인데, 석탄이 어떤 가스와 결합했을 때 나오는 것이다. 이때 석탄의 상태에 따라서 가스가 유독가스인지 인체에 좋은 가스인지가 정해지는데 우리가 하는 일은 그것을 분류하는 것이었다. 이 가스를 분류할 때는 숨을 쉬기 힘들기 때문에 굉장히 고통스러웠다.

　어느새 몇 년이 흘렀다. 이제 나의 몸은 거의 남아 있지 않앉다. 나는 머리와 팔만 남아서 전용 휠체어가 없이는 다닐 수 없게 되었다. 몸통이 없다는 것은 일만 하는 지옥 같은 이곳을 탈출할 날이 얼마 남지 않았다는 것이다. 요즘 나에게는 곧 나갈 수 있다는 사실이 유일한 희망이었다. 어느덧 여기서 일한 지 7년. 가족들도 못 본 지 오래됐다. 현실 세계에서 술에 찌들어있던 나는 이곳에 온 후부터 강제적이지만, 술을 끊게 되었다. 내가 이곳에 들어온 후 1년 뒤 아이는 이곳을 탈출했다. 소통할 통로가 없어졌던 나는 감옥수들과 새로운 언어를 만들었다. 덕분에 대화는 원활해졌고, 내 심리도 안정되었다.

드디어 이곳을 탈출할 날이 얼마 남지 않았다. 나는 집에 돌아갈 생각을 하면 기분이 벅차올라 일도 더 열심히 하였다. 7년 넘게 감옥수들과 같이 지내면서 새로운 언어를 사용했던 탓에 원래 쓰던 언어가 낯설게 느껴지기도 했지만, 가족들과 대화하고 나면 많이 나아질 것이라 믿는다.

하루, 이틀이 지나고 드디어 탈출할 수 있는 날이 왔다. 나는 어제부터 이곳을 탈출하기 위한 절차를 밟기 시작했다. 나는 내가 쓰던 방의 물건들을 서서히 정리했다. 생각해보면 끔찍하기도 했지만, 특별했던 경험이었다.

이제 다시 지구로 돌아갈 시간이 되자 스터븐들은 내가 지구에 돌아가 인간들과 잘 지낼 수 있도록 여기 있던 동안의 기억을 없애주겠다고 했다. 나는 지금까지 내가 여기서 지내며 겪었던 일들과 그때의 감정들을 모두 공책에 적어 놓았다. 나는 인간세계로 돌아가 내가 이런 일들을 겪었다는 것을 알 수 있도록 일기장 표지에 내 이름을 적어놓았다.

나는 이곳에서 생활하면서 알아낸 사실이 있었다. 이곳은 현실 세계가 아니라 가상 세계이고, 사람들은 기절하면서 이곳에 오게 된다. 15살 그 아이는 공을 꺼내던 중 책꽂이에 머리를 박아 이곳에 오게 되었고, 나는 지구에서 우주로 가는 도중에 기절하여 이곳에 오게 된 것이다.

기절을 했을 때 사람들은 모두 이 가상 세계 속에서 스터븐들로부터 노동을 하게 되는 상상을 하는데, 기절하고 난 후 다시 깨어났을 때 사람들이 기억하지 못하거나 정신을 바로 차리지 못하는 이유는 스터븐들이 사람들을 다시 인간세계로 보내기 전 이 일과 관련된 기억을 지우기 때문이다.

나는 지금까지 내가 겪은 일들이 아무나 겪을 수 없는 경험이라고 생각했기 때문에 내가 지금까지 이곳에서 겪은 일과

느낌을 적었던 일기장을 들고 내가 있었던 로켓으로 다시 돌아갈 준비를 했다. 유리로 된 원기둥 모양의 공간 안으로 스터븐이 나를 들여보냈다. 두려운 마음에 내 몸은 경직되어 있었다. 나는 바로 내 앞에서 스터븐이 각종 버튼을 조작하는 것을 보고 있었다. 10분, 20분 시간이 흘렀다. 지나치게 긴장했었던 나는 긴장이 풀려 잠시 졸고 말았다.

"괜찮은 거야?"

동료의 음성이 지직거리며 흘러나온다. 어떤 일이 있었는지는 모르겠지만 잠시 기절해 있었던 것 같다. 나는 이미 훈련받은 과정에서 탐사 중 기절할 수 있다는 사실을 인지하고 있었기 때문에 재빨리 정신을 차리고 은하수 탐사에 집중했다.
오늘의 임무를 모두 마치고 잘 시간이 되었다. 나는 잠을 청하기 위해 내 우주복을 정돈하고 잠 자는 곳으로 발걸음을 옮겼다.
그때 통로에서 떨어져 있는 노트를 발견했다. 노트 겉표지에는 내 이름이 써있었다. 처음 보는 노트라 살짝 훑어보니 어떤 사람이 기절하는 것에 대한 가설을 써 놓은 것 같았다.

나는 내 이름이 흔한 이름이 아니어서, 그저 '나랑 같은 이름을 가진 사람이 있구나'라고 생각하며 잠이 들었다.

지은이 **박시우**
Boaz Park

저는 공글 1기, 중학교 2학년 박시우라고 합니다. 저는 국제 학교에 다니고 있어서 한국어로 글을 쓸 수 있는 기회가 많지 않아, 처음에 책을 쓴다고 했을때, 잘 쓸 수 있을지 걱정이 많았습니다. 하지만 친구들과 함께 같은 책을 읽고 같은 주제로 글을 쓰다보니, 처음에는 어렵고 어색하게만 느껴지던 글쓰기가 편해졌습니다. 쓰면 쓸수록 글이 더 쉽게 써지고 글 쓰는 것이 재미있게 느껴졌습니다. 글을 쓰면서 저도 모르게 제가 발전하고 있었던 거지요. 두 계절을 넘기며 열심히 썼지만, 첫 소설이어서 많이 떨립니다. 너무 엄격하게만 봐주지 마시고, 재미있게 봐주시면 좋겠습니다. 감사합니다.

## 체스 배우기

　무더운 여름, 아이는 정말 심심했다. 여름방학이고, 이미 숙제를 다 끝내서 뭘 할지 고민 중이었다. 그 모습을 본 엄마는 안쓰러운 표정을 지었다.
　그 아이의 이름은… 김기록. 아빠가 기록 재는 것을 좋아해서 만든 이름이다. 어느 날 장을 보던 엄마는, 마트 입구에 전단이 붙어있는 것을 보았다. 그 전단에는 이렇게 쓰여 있었다.

　'무더운 여름, 체스로 시간 때우는 것은 어떠세요? 체스는 아이의 두뇌를 풀가동 시켜줄 뿐 아니라, 학교 성적도 팍팍! 올라가게 해주는 신비로운 도구입니다! 여름을 즐겁게 보내고 싶다면 여기로 오슈! 이게 머선 129! 여름이라 20% 할인!?'

　'어머나! 여기는 꼭 가야 해!'
　엄마는 그 전단을 보고, 심심해하는 기록이가 떠올랐다. 집에 돌아와 전단을 보여주자, 기록이는 시간 재는 것만 관심 있었기에, 별 관심이 없어 보였다. 그날 저녁, 아빠가 집에 오고 전단을 보았다.

다음 날 아빠가 기록이에게 말했다.

"기록아 우리 체스학원 가자." 기록이는 고개를 절레절레.

"아빠가 왕년에 말이야, 학교 체스 챔피언이었어. 체스도 타이머 누르면서 시간 재는 거야."

"정말요? 그럼 우리 당장 가요!"

"그러자꾸나."

아빠가 먼저 문을 열고 들어가자, 문에 있는 종소리가 딸랑딸랑하며, 두 명의 아이들과 한 남자 선생님이 있었다. 남자 선생님은 꺼끌꺼끌한 목소리로 "어떻게 찾아오셨나요?"하고 물었다. 선생님은 수업을 잠시 중단하고, 아빠와 상담을 진행했다.

기록이는 두 명의 아이들과 대화를 나눴다. 한 명은 여자아이였고, 한 명은 남자아이였다. 여자아이의 이름은 이마음. 기록이가 인사를 나누자 따뜻하게 반겨주었다.

남자아이의 이름은 김근육. 마음이와 달리, 아주 차갑게, "안녕"하며 기록이를 쳐다보았는데, 기록이 보다 키가 30cm는 더 커 보였다. 처음에 봤을 때 어른인 줄 알았는데, 나중에 권 선생이 둘 다 같은 또래라고 했다. 아빠와 권 선생님의 대화가 끝나자, 권 선생님이 자리를 마련해 주셨다.

"오늘은 기록이가 처음 왔으니까 마음이랑 근육이가 잘 도와줘".

마음이는 여기에 온 지 약 6개월 정도 됐고, 근육이는 4개월 정도 됐다. 마음이의 이야기에 따르면, 근육이는 처음 왔을 때 성격이 강하고, 책상을 자주 부쉈는데 마음이와 지내면서 그나마 온순해졌다고 했다.

한달 뒤, 기록이는 기본적인 전술인 핀, 포크, 스큐어 같은 것들을 할 줄 알고, 엄마를 이길 수 있을 정도로, 실력이 발달됐다. 마음이랑 근육이는 못 이기지만, 그래도 실력이 많이 좋아졌다. 마음이와 근육이랑도 꽤 친해졌고, 근육이에 대해 더 알게 되었다. 근육이는 어릴 때 마르고 허약해서 운동을 시작했는데 그 후로 근육도 많이 생기고, 키도 커졌다고 했다.

"언제 우리 집에 놀러 올래? 같이 소고기 먹고, 운동도 같이 해!"

"어! 그래…."

기록이가 체스 학원을 다닌 지 1년이 다 되어 간다. 날이 갈수록 기록이 실력이 기하급수적으로 늘고 있다. 이제는 근육이와 마음이와 경기하면, 기록이가 계속 이긴다.

　여느 때와 같이, 기록이는 체스 학원에 갔다. 기록이가 자리에 앉자, 선생님의 심각한 표정이 보였다. 몇 분 뒤 마음이와 근육이가 오고, 선생님이 벌떡 일어나셨다.
　"여러분, 약 한 달 뒤에 체스 대회가 있을 거예요. 우리는 지금 3명이라서 팀으로 참가하기에는 인원수가 부족해요. 그래서, 선생님 생각은 화목 반이랑 같이하면 어떨까 해요."
　그리고선 종이를 한 장씩 나눠주셨다. 그 종이에는 '부모님 동의서'라고 쓰여 있었다.
　"여러분, 부모님과 잘 읽어보고, 다음 시간까지 부모님 사인 받아 가져오세요. 오늘은 월요일 이니까 금요일에 최종적으로 결정하도록 할게요."

　그날 저녁, 회사에서 돌아온 기록이 아빠는 동의서를 보고 바로 사인하려고 하다가 갑자기 고민에 빠졌다. 참가 비용이 50만 원이었기 때문이다.

아빠도 비용이 만만찮다는 걸 예상했다. 왜냐하면, 아빠도 예전에 체스 선수였기 때문에 어느 정도 비용이 들 거라 예상은 했지만, 이렇게 비쌀 줄은 몰랐다. 하지만, 아빠는 큰 결심을 했다. 한 달 동안 밥과 김치만 먹고 살기로 했다. '식비를 줄여서 기록이가 갈 수 있게 해줘야지'. 비현실적이지만, 아빠가 이렇게까지 하는 이유는, 예전에 부모님에게 대회에 갈 수 있게 해 달라고 했을 때 한 번도 안 보내주셨기 때문이다. 여태껏 다 아빠가 혼자 돈 벌어서 나간 대회였다. 아빠는 가난이 원망스러웠다. 돈 버는 시간에 체스에 더 시간과 노력을 쏟고 싶었다. 기록이도 아빠의 이 마음을 알았기 때문에 아빠에게 정말 감사했다.

오늘은 수요일. 체스 학원에 가는 날이다. 기록이는 아빠가 사인한 종이를 가지고 갔다. 기록이가 도착하고 얼마 후 근육이가 왔다.
"내 틴구 기육이! 나 오띱만원 때문에 부모닌과 얏속 했오. 이번두는 1++ 한우 말고 담겹딸만 먹기요 했오."
기록이는 "근육이 큰 결심 했네~ 우리 열심히 하자".
그날 마음이도 자신이 제일 좋아하는 아이돌 사진을 팔고,

신청서를 냈다. 권 선생님은 이번 토너먼트에 나가기로 했다.

"아빠! 오늘 드디어 다른 친구들과 만나서 같이 수업받는데!" 기록이가 신나는 마음으로 말했다. 그날 새로운 친구 두 명을 만났다. 한 명은 최고똑, 그리고 다른 한 명은 고영재. 둘이 친구인 것 같았다. 이제 반에는 다섯 명이 있었다. 선생님은 심각한 얼굴로 가만히 바깥 풍경을 보고 있다가 수업을 시작했다.

"오늘은, 서로의 실력을 알아보기 위해 경기를 할 거예요. 일단 홀수니까, 기록이는 저와 하고, 마음이랑 영재, 고똑이와 근육이로 경기를 할게요." 기록이는 일단 선생님이랑 하기로 했다. 역시나 선생님의 승. 정말 빨리 끝났다. 기록이는 조금 지루해져서 다른 아이들이 경기하는 것을 보기로 했다. 마음이와 영재는 막상막하였다. 계속 기물 교환이 일어나고, 결국 퀸까지 교환됐다. 한편, 고똑이와 근육이는 상황이 달랐다. 근육이가 퀸을 먹혀서 9점으로 지고 있었다. 10분 후, 마음이와 영재의 경기가 끝났다. 그 순간, 근육이가 소리를 지르면서 책상을 엎어버렸다. 다른 책상까지 부수려고 할 때, 마음이가 다가와서 근육이를 진정시켰다.

그날 집에 가서 기록이는 아빠와 경기를 분석해 보았다.

"기록아, 여기랑 여기, 그리고 또 여기 다 블런더야. 퍼즐 더 많이 풀고, 온라인으로 경기 계속하면 블런더 없앨 수 있어".

기록이는 새벽까지 체스를 하고 늦게 잤다. 월요일이 찾아 왔다.

권 선생님이 아이들에게 말했다. "지난번에 부모님 동의서에 숙식 훈련한다고 써 있었죠? 그래서, 이번 주말부터 2주 동안 특별 캠프를 갈 거예요." 고똑이와 영재는 선생님의 말은 안 듣고, 수학과 과학 공부를 하고 있었다. 근육이는 책상 밑에서 아령을 들고 몰래 운동을 하고 있었다. "그래서 비쌌구나" 기록이가 혼자 중얼거렸다. "수요일, 그러니까 다음 수업부터 다음 다음 주 수요일까지 캠프를 갈 거니까, 가방 싸서 오세요." 아이들은 권 선생님 설명을 듣고 집에 돌아갔다.

수요일이 찾아왔다. 기록이는 간단하게 칫솔 치약과 여벌의 옷, 그리고, 체스판과 이번에 산 체스 퍼즐 책을 챙겨왔다. 몇 분 뒤에 마음이와 근육이도 왔다. 마음이는 기록이처럼 간단하게 챙기고, 혹시 밤에 잠이 안 올 때 보려고 아이돌 사진 몇 장을 가져왔다. 근육이는 1++ 한우를 3개의 캐리어에 담아서 가져왔다. 10분 정도 지난 후, 양복을 입은 남자 두 명이 캐리어를 들고 왔다. 그 뒤에는 고똑이가 있었다. 명품 캐리어를 자랑하듯이 들고 당당하게 자리에 앉았다. 뒤이어 영재가 왔다. "이제 다 왔으니까, 한 줄로 서주세요". 아이들은 들뜬 마음으로 한줄로 섰다. 아이들은 체스 학원이 있는 빌딩 지하 주차장으로 내려갔다. 거기에는 권 선생님이 준비한 낡고 오래된 버스가 있었다. 그러자 고똑이가 "선생님, 저 이 차 도저히 못 타겠어요. 제 버스 타세요." 아이들은 고똑이를 따라 1층으로 올라갔다. 그곳에는 정말로 대형 버스가 기다리고 있었다. 그래서 아이들은 고똑이네 버스를 모두 탔다. 한참을 가다가 아이들이 어디로 가는 거냐고 선생님에게 물어보았다. 선생님은 아무 대답을 하지 않았고 아이들을 태운 버스는 어디론가 계속 달렸다.

   3시간 후, 선생님이 다 왔다고 하면서, 졸고 있던 아이들을 깨웠다. 기록이도 잠에서 깨어 밖을 보니, 지하 주차장이었다. 벽에는 "훈호텔"이라고 써있었다. 아이들과 선생님은 엘리베이터를 타고 1층으로 올라갔다. 권선생님은 체크인을 하고 아이들과 함께 2층에 있는 큰 방으로 들어갔다.

방 안에는 화장실이 두 개, 방이 두 개 그리고 거실이 있었다. 약간 허름했지만, 아이들이 체스 연습을 하는 데는 지장이 없었다. 왼쪽 방과 오른쪽 방이 있었는데, 기록이, 근육이, 마음이는 왼쪽 방을 쓰고, 권 선생님, 영재, 그리고 고똑이는 오른쪽 방을 쓰기로 했다. "일단 짐부터 풀고, 10분 뒤, 문 앞에 줄을 서세요." 권 선생님이 조금은 지친 목소리로 말했다. 방 안으로 들어가 기록이는 책을 풀고, 근육이는 팔굽혀펴기를 했다.

10분 뒤 아이들이 모였다. "자, 여기는 우리가 2주 동안 묵을 곳이고, 이제 훈련장으로 갈 거예요." 권 선생님이 말했다. 아이들은 '훈호텔'이 훈련하는 곳이라서 훈호텔인 것 같다고 말하며 호텔 밖으로 나왔다. 호텔 앞에 큰 운동장이 있었다. 운동장을 본 아이들은 왠지 불길한 예감이 들었다. 하지만 언제나 불길한 예감은 적중을 하는 법, 선생님이 말했다.

"체스를 할 때는 몸도 긴강해야 돼요. 현재 체스 챔피언인 매그너스 칼슨도, 예전에는 유소년 축구 선수였고, 지금까지도 매일 운동을 한답니다. 오늘온 첫날이니까 우리도 운동 위주로 진행을 할 거예요. 자 일단 운동장 다섯 바퀴 돌고 오세요." 그 운동장은 가로 100m 세로 200m인 대운동장이었다. 아이들은 모두 짜증이 났지만, 선생님의 상냥한 말투에 어쩔 수 없이 다섯 바퀴를 돌았다.

다른 아이들은 1바퀴 돌고 있을 때, 근육이는 5분 만에 운동장 다섯 바퀴를 돌았다. 선생님은 근육이를 보고 "근육아, 너 운동 좋아하니?" 하고 물었다. 근육이는 자신의 하루 운동량과 주로 하는 운동에 대해 선생님에게 대답했다. 다른 아이들도 다섯 바퀴를 다 돌고 나니 어느덧 8시가 되었다. 아이들은 다시 훈호텔로 갔다. "일단, 샤워부터 하고 8시 30분에 모일게요." 30분 뒤 아이들은 편한 옷으로 갈아입고, 거실로 모였다.

이제 선수들이 다 모였고, 지금은 밤이니까 체스 경기 동영상을 보고, 왜 이 선수가 이 수를 뒀는지, 그리고 만약 내가 했다면 어떻게 했을지를 같이 토론하고, 이 선수들이 들어간 오프닝도 공부해 볼 거예요."

저녁 시간이 한참 지났는데 아이들은 아직 밥을 못 먹고 있었다. 그때 아이들은 깨달았다. 이 캠프가 쉽지 않다는 것을. 자정이 되었다. 아이들은 지친 상태로 그냥 수업을 듣고 있었다.

그때 기쁜 소식이 들려왔다.

"자 여러분 힘냅시다! 마지막 퍼즐이에요!"

아이들은 마지막 힘을 다해 그 퍼즐을 10분 안에 풀었다. 아이들은 늦은 새벽이 되어서야 끝을 냈다.

다음 날, 아이들은 아침 6시에 힘겹게 일어났다. 몇몇 아이들은 눈 주위에 다크서클이 깊게 생겼다. 아이들은 1층 로비로 내려가 밖으로 나가 옆에 있는 허름한 천막 텐트에 들어갔다. 권 선생님과 아이들은 종이 접시에 밥과 김치, 몇몇 반찬을 담고 종이 그릇에 된장국을 담았다.

"어휴 냄새… 뭐야…" 고똑이가 말했다.

"왜 그러니?" 권 선생님이 말했다.

몇 분간 권 선생님과 고똑이가 텐트 밖으로 나가서 대화를 나누었다. 고똑이는 항상 집에서 스테이크와 파스타만 먹고 자라 이런 음식은 처음 봤기 때문에 음식을 안 먹겠다고 했다.

권 선생님은 그런 고똑이에게, "고똑아, 뭐든지 안 해보고 부정적으로 생각하면 안 돼. 너도 어렸을 때, 스테이크와 파스타를 시도해서, 지금까지 먹게 됐잖아, 이런 음식 안 먹고 싶다는 거 이해해. 나도 어렸을 때 밥과 김치만 먹어서, 스테이크 같은 외국 음식 안 먹고 싶었거든. 한 번만 먹어보고, 싫어하면 안 먹어도 돼."

잠시 후 고똑이는 음식을 맛보고 맛있다며 두 번을 가져다

먹었다. 밥을 먹고 10분 휴식을 갖고 나서 아이들은 다시 훈련을 시작했다. 중간에 운동을 2시간 하고, 밤이 될 때까지 체스를 계속했다. 며칠 후, 드디어 훈련이 끝났다.

"와… 이 지옥 같았던 훈호텔도 안녕이구나…" 영재가 말했다. 영재는 고똑이의 최대의 라이벌이자, 말 그대로 "영재"이다. 영재는 특수학교에서 최상위 반 1등을 차지하고 있다. 역시나 고똑이도 특수학교에 다니지만, 최상위 반에 있지는 않다. 영재는 머리만 좋고, 운동은 잘 못하기 때문에 운동할 때 가장 힘들어했다.

그렇게 아이들이 힘들던 호텔 캠프 훈련은 끝이 났다. 기록이는 집에 가자마자, 아빠와 체스를 뒀다. 놀랍게도, 체스 마스터인 아빠와 비겼다.

"이야~ 우리 기록이 많이 늘었네~ 넌 분명 아빠보다 더 잘하게 될 거야."라고 격려의 말을 하고, 같이 한 경기를 분석했다. 그날 기록이는 100번의 경기를 하고, 200개의 체스 퍼즐을 풀었다.

기록이와 친구들은 체스 학원에 모였다. 아이들은 이제 팀 이름을 정하기로 했다. 한참을 고민한 끝에, "기친체스" 라고 지었다. '기록이와 친구들'이라는 뜻이다. 아이들은 기록이가 가장 잘한다고 생각했다. 이제 아이들은 준비를 다 마치고 대회 날을 기다렸다.

　드디어 대회 날이 찾아왔다. 이번에 참여하는 체스 대회는 규모가 큰 스탠다드 체스 챔피언십이다. 기록이는 체스 대회의 이름을 듣고, 무슨 뜻인지 알 수가 없었다.
"스탠다드? 챔피언십? 스탠다드는 평균적인, 이런 뜻이고, 챔피언십은 선수권 대회, 그럼 평균적인 체스 선수권 대회?"
마음이, 고똑이, 영재는 이미 체스 대회를 여러번 나가서 익숙했다.
　마음이가 기록이의 혼잣말을 듣고는, "많이 생소하지? 내가 알려줄게. 일단 스탠다드는 1시간에서 많게는 3시간에 증분초라는 게 있거든? 그건 수를 둘 때마다 시간이 추가 되는거야. 그리고 증분 초를 다른 말로 피셔룰 이라고 하거든? 피셔룰은 미국에 유명한 체스 선수였던 바비 피셔가 만들어서 그렇게 이름이 지어진 거야…"
"아, 너무 헷갈려. 어쩌지?"
"너무 걱정하지 말고, 그냥 한 수를 두고, 옆에 있는 체스 시계를 눌러. 그리고 네가 만약 흑이면, 가운데 버튼을 누르고,

백이 시작해. 마지막으로 너가 체크메이트로 이기거나 지거나, 스테일메이트가 되면, 가운데 버튼을 눌러. 그럼 시계가 멈출 거야. 그런 다음에 심판을 불러. 아! 놓칠 뻔했네. 처음에 경기를 시작하기 전에 종이를 받아. 그럼 그곳에 기보를 쓰는 거야. 기보는 쓸 줄 알지?"

"어, 그럼"

그렇게 기록이는 한결 가벼운 마음으로 경기 준비를했다. 마음을 써준 마음이가 고마웠다. 선수권 대회이다 보니, 전국 각지에서 온 실력자들이 한곳에 다 모였기에 다른 아이들도 어느 정도는 긴장하고 있었다. 한편, 아이들이 같이 준비하고 있을 때, 근육이만 보이지 않았다. 걱정되는 마음에 마음이는 근육이를 찾으러 갔다. 드디어 체스 대회가 시작하려고 할 때, 갑자기 화장실 쪽에서 큰 소리가 났다.

"쾅쾅쾅. 으아아아!!"

마음이는 급한 마음에 화장실 쪽으로 달려갔다. 근육이 일지도 모른다는 생각에 남자 화장실이라는 생각도 못 하고 화장실 안으로 뛰어 들어갔다. 남자 화장실에 들어선 마음이는 엄청난 광경을 목격하고 말았다. 남자 화장실 앞에서 가만히 서 있는 마음이를 보고 기록이도 이유가 궁금해서 달려갔다.

그리고 기록이 역시 깜짝 놀라서 얼어붙은 것처럼 서 있었다. 경기 직전인데 두 아이도 역시 화장실 앞에 멀뚱멀뚱 서 있는 걸 보고 선생님도 따라 들어갔다.

"마음아, 근육이 좀 도와줘 어서!"

선생님이 그렇게 말한 이유는 근육이가 화장실을 다 때려 부수고 있었기 때문이었다. "으아아아아~!!"

바닥에는 유리 조각이, 세면대에서는 물이 콸콸콸. 마음이는 흥분된 근육이를 진정시키기 위해, 근육이 쪽으로 천천히 다가갔다.

"크으으으으으으으으으으으"

"괜찮아 근육아. 나야 나, 마음이, 너 단짝"

그 순간, 근육이가 소리를 치면서, 마음이를 번쩍 들어 올렸다.

"안 돼! 근육아. 아니야! 마음이를 내려놔! 어서!"

권 선생님이 소리치셨다.

"안 돼요! 소리치면 안 돼요! 근육이 더 화나요"

마음이가 다급한 마음으로 밀했다. 그때, 근육이가 유리 조각이 있는 곳으로 마음이를 내던졌다.

마음이는 온몸에 유리 조각이 박혔다. 근육이는 폭주를 멈

추지 않았다. 권 선생님은 재빨리 119와 112에 전화를 걸었다. 하지만 아이들은 시합을 안 할 수 없었기 때문에, 어쩔 수 없이 경기장으로 들어갔다. 기록이는 그렇게 불안한 마음으로 첫 시합을 치렀다.

한편, 어떤 상황이 일어나고 있는지도 모르는 고똑이와 영재는 이제 경기에 중반 정도 상황인, "미들게임"에 들어갔다.

5분 뒤, 경찰과 구급대원들이 찾아왔다. 경찰들은 근육이를 힘겹게 체포했고, 마음이는 인근 병원에 실려 갔다.

몇 시간 뒤, 고똑이와 영재가 시합장에서 나왔다. 영재는 약간 우울한 표정을 짓고 있었다. 주변에 이상한 기운을 느낀 고똑이는 권 선생님에게 무슨 일이 있었는지 물었다. 선생님은 경기 전에 무슨 일이 있었는지 알려주셨다.

그 후 권 선생님은,

"영재야, 왜 얼굴이 시무룩하니?" 영재는 첫 번째 판에서 졌기 때문에 기분이 좋지 않다고 대답했다.

"그래도 아직 3등 안에 들 수 있는 가능성이 있어! 이 대회는 라운드 로빈이잖아, 이 게임 이후로 전승하면 가능해!"

"하지만 그건 거의 불가능하잖아요…."

영재가 시무룩하게 말했다. 고똑이도 지고 있었지만, 상대방이 시간패하게 되었고 결국 이기게 되어 기뻐하고 있었다. 옆에서 영재는 고똑이를 못마땅해했지만, 선생님은 정정당당하게 이긴 거라고 말씀하셨다.
　왜냐하면, 상대방이 시간 관리를 잘하지 못했기 때문이다. 그리고, 기록이가 나왔다. 역시나 기록이는 이겼다.
　"이번 판은 쉽게 이겼어요. 상대방이 백랭크 보호를 허술하게 해서, 제가 백랭크 메이트를 했거든요".
　"너무 자신만만해하지는 말아라. 너에게 해가 될 수 있어".

　그 후 다음 라운드까지 1시간 정도가 남아서 기록이는 자신이 쓴 기부를 보고, 1라운드 때 했던 경기를 분석했다. 1시간 뒤, 2라운드가 시작되었다. 기록이는 마음을 가라앉히고, 시합에 들어갔다.
　근육이는 막 경찰서에 도착했다.
　"나 체쓰 대외 해야댄다!"
　근육이는 체스 대회를 히고 싶어 했지만 포기헤야 했다. 근육이는 기물파손죄로 유치장에서 하루 동안 있어야 했다. 다행히 마음이는 큰 부상 없이 유리 조각으로 인해 생긴 상처를 치료하기만 하면 되었다.

 몇 분 뒤, 체스 대회장 앞에서 고똑이가 문을 박차고 나왔다.
 "무슨 일 있었어? 괜찮아?" 권 선생님이 말했다.
 하지만 고똑이는 권 선생님을 무시한 채, 쿵쾅쿵쾅. 화가 난 발걸음으로 화장실로 걸어갔다. 몇십 분이 지나고, 기록이와 영재가 나왔다. 기록이는 그리 썩 좋지 않은 표정이었다. 영재도 마찬가지였다. 그 후 고똑이가 화장실에서 나왔다. 재정비한듯한 고똑이가 말했다.
 "저 아까 시합에 져서 그랬어요".
 다행이었다. 근육이처럼 화장실을 부수지 않았기 때문이다.
 어느덧 저녁이 되었고, 아이들은 마지막 라운드를 앞두고 있었다. 기록이는 아직까지 전승 중이었다. 그 순간, 라운드 대진표가 나왔다. 기록이의 상대를 본 영재는 놀랐다.
 "누군데 그래?" 기록이가 의미심장한 말투로 물어봤다.
 "채배인이잖아! 우리나라 체스 대회들 다 쓸어 버린 애잖아. 가는 대회마다 1등하고 우리나라에서 손에 꼽히는 체스 천재라고! 이기는 건 불가능해!" 영재가 흥분했다.
 "아니야, 나도 할 수 있어! 이길 수 있다고!" 몇 시간 뒤, 기록이가 실망한 표정으로 터벅터벅 걸어 나왔다.

"졌구나."

"네…."

"괜찮아, 다음에 더 좋은 성적 이뤄내면 돼"

권 선생님이 다독여 주셨다.

다음날 기록이는 어제의 굴욕을 잊고, 다시 체스에 전념하기로 했다. 기록이는 경기를 되풀이하면서 어디에서 잘못되었는지 아빠와 같이 살펴보았다.

"여기서 이 수를 두면 안 되지! 여기서는 얘로 잡고, 그다음에 얘를 때려야지" 아빠가 기록이를 훈수했다.

"어? 근데 여기서 얘를 때리면 얘가 잡히고, 먹고 나서 퀸이 죽는데요?" 기록이가 아빠에게 궁금하듯이 물어봤다.

"나도 가르치기가 힘들구나. 내가 아는 그랜드 마스터한테 가보자".

"어? 그러면 외국에 가는 거예요?"

이때는 한국에는 그랜드 마스터가 없었다. 하지만 예산이 부족했다. 그 순간, 고똑이에게 전화가 왔다. 바로 유럽에서 체스를 공부하려고 하는데 기록이에게 같이 공부하겠느냐고 물어봤기 때문이다.

고똑이는 기록이를 비롯해 같이 체스 학원에 다니는 아이들과 다 같이 유럽에 가기로 했다. 기록이는 들뜬 마음에 고맙다고 말했다.

"아마 한 달 동안 있을 예정이야. 그리고 출발은 이번 주 금요일 7시 비행기니까, 공항에서 5시에 만나자."

핸드폰에서 고똑이가 말했다.

"혹시 우리 아빠도 같이 가도 될까?" 기록이가 물어봤다.

"어 당연히 되지. 마침 보호자가 필요했는데 잘됐다. 우리 부모님을 비롯해 다른 부모님들은 모두 바쁘셔서 함께 가실 수가 없거든. 그럼 금요일날 보자".

말이 끝나자마자 전화가 끊겼다.

'오늘은 수요일이니까 이틀만 기다리면 되겠네.' 기록이가 들뜬 마음으로 혼자 말했다. 그리고 짐을 싸기 시작했다.

목요일. 기록이는 내일 새벽 3시에 일어나야 했기 때문에 일찍 잤다. 기록이는 침대에 누운 채. 마지막 라운드에서 왜 졌는지, 유럽에 어떤 것들이 있을지 등을 생각했다. 기록이는 잠을 자는 둥 마는 둥 하고 새벽에 일어나 준비하고 아빠와 함께 공항으로 갔다. 기록이가 도착했을 때, 고똑이와 다른 친구들도 와 있었다.

"잘 다녀오세요" 고똑이 비서가 말했다.

기록이는 고똑이에게 비서까지 있다는 것이 너무나 신기 했다. 그 후 기록이와 일행은 면세점을 돌아다니다가 비행기에 탔다. 기록이와 친구들은 고똑이의 재력으로 다 같이 퍼스트 클라스에 탔다.

"고마워 고똑아" 마음이가 말했다.

"뭘, 근육이 때문에 많이 다쳤었잖아".

한 편, 근육이는 큰 사건 이후에 트라우마가 생겨 집에서 우울하게 지내고 있었다. 기록이는 새로운 체스책을 공부하면서, 비행기에서 시간을 보냈다. 다른 아이들과 기록이 아빠는 다 각기 다른 방법으로 시간을 보냈다. 기록이는 잠을 설친 탓인지 갑자기 졸음이 쏟아져 눈을 감았다.

아침이 밝았다. 기록이가 눈을 떴을 때는 비행기가 프랑스 드골 국제 공항 도착해 있었다. 사람들이 내리고 있었고 아빠와 친구들은 기록이를 깨웠다. 기록이도 얼른 짐을 내리고 나갈 준비를 했다. 기장과 승무원과 인사하고 나와 곧바로 프랑스 입국심사. 프랑스의 출입국 관리 공무원이 여러 질문을 했는데 모두 이해가 되지 않아 헤메고 있었다. 그때 어떤 아저씨가 와서 알 수 없는 말들을 한 뒤에 기록이와 일행을 보내주었다. 기록이는 주머니에서 회화책을 꺼낸 뒤 "Merci Merci" 라고 아저씨에게 말했다. 그리고 기록이와 일행은 숙소로 향했다. 오랜 비행으로 피로가 쌓였기에 모두 잠시 숙소에서 쉬고, 일정을 시작하기로 했다.

몇 시간 뒤, 기록이와 친구들은 기록이 아빠가 잘 안다는 그랜드 마스터에게 가기로 했다. 그 그랜드 마스터는 아빠와 어렸을 때 친구여서 잘 아는 사이였다. 그가 산다는 곳은 가정집이 아니라 chess club이라고 써있는 건물이었다. 그곳에 들어가니 많은 사람이 체스를 하고 있었다. 기록이와 일행은 그랜드 마스터를 찾기 위해 돌아다녔는데, 갑자기 기록이가 어떤 사람과 부딪히고 말았다. 그 사람은 아까 공항에서 우리를 구해줬던 사람이었다. 기록이는 죄송하다는 말을 찾기 위해 사전을 보려던 중, 그 부딪힌 사람이, "괜찮아요"라고 말하는 걸 들었다. 깜짝 놀란 기록이는 아무 말도 못 하고 아빠에게 달려갔다. 기록이 아빠는 기록이 말을 듣고 그 사람에게 다가갔다. 기록이 아빠 얼굴이 금세 밝게 변하였다.

그 사람이 바로 기록이 아빠의 오랜 친구, 그랜드 마스터 김민수였다. 기록이 아빠는 반가워하며 같이 이야기를 나누었고, 그 사이 아이들은 다른 사람들이 하는 체스 경기를 관전했다. 기록이 아빠와 그랜드 마스터는 한참 동안 이야기를 나누었다. 기록이 아빠가 아이들에게 말했다. "너희들은 앞으로 약 한 달 가량 수업을 받게 될 거야. 그리고나서 한 달 뒤에 있는 체스 대회에 참가하면 좋은 마무리가 될 것 같아"

## 수업

다음 날 기록이와 일행은 다시 체스클럽에 갔고, 본격적으로 체스를 배우기 시작했다. 일단 기록이와 친구들의 실력을 보기 위해, 그랜드 마스티가 다면기를 했다. 게임이 시작되고, 한 명씩 한 명씩 체크메이트가 되었다. 몇십 분 뒤, 기록이와 그랜드 마스터만 남았다. 하지만 몇 수 뒤, 기록이가 체크메이트 일보 직전까지 와서 기권했다. 아이들 중에서 기록이가 가장 실력이 높았다.
"기록아 레이팅이 어떻게 되니?"
"저는 1,150정도 예요"
기록이의 레이팅은 실력에 비해 아주 낮았다. 민수 선생님이 엄청 두꺼운 책을 가져왔다.

"자. 앞으로 한 달 동안 이 책을 풀 텐데, 다 못 풀 수도 있지만 최선을 다해서 풀어보세요"

민수 선생님은 똑같이 두꺼운 책을 여러 개 더 가져와서, 아이들에게 나눠줬다. 그 문제집은 엄청 어려운 문제집이었다. 퍼즐만 있는 것이 아니고 중간마다 설명도 있었다. 김 선생님은 하루에 하나씩 알려주셨다. 첫째 날에는 시간 관리, 둘째 날에는 체스를 할 때 가져야 하는 마인드 셋, 등등 일주일 동안은 체스의 기본에 대해 배웠고, 구체적인 기술은, 정확히 2주째부터 배우기 시작했다. 2주째부터 마지막 주까지 밥 먹는 시간을 빼놓고는 문제집을 풀고, 기술을 익히는 데 시간을 보냈다. 점차 친구들과 기록이는 실력이 높아졌다.

한 달 뒤, 체스 대회 날이 찾아왔다. 가장 일찍 일어난 기록이는 마지막까지 못 푼 퍼즐을 풀면서 아침 시간을 가졌다. 기록이는 퍼즐 하나하나를 풀면서 마음이 두근거렸다. 한 시간 뒤 모두 다 일어났다.

"잘 잤어?" 기록이가 모두에게 말했다.

"유럽에 온 것도 처음인데 대회까지 나간다니, 너무 설렌

다!" 마음이가 소리 쳤다.

"뭐 이런 것쯤. 나는 일 년에도 몇 번씩 왔었는데…"

고똑이가 건조한 목소리로 말했다. 다 같이 아침에 간단하게 빵과 스프를 먹고 출발했다.

대회 시작까지 6시간 전.

"시간이 좀 남았으니 우리 긴장도 풀 겸 짧게 시내 구경이나 가볼까?" 기록이 아빠가 말했다.

긴장과 압박감을 풀기 위해 거리를 걸으며 구경도 하고, 맛있는 레스토랑에도 갔다. 한참 뒤 대회장에 들어갔을 때는 모두 긴장감이 덜했고 마음이 편안했다. 대회장 천정은 엄청 높았고 고급스러운 샹들리에가 달려있었다. 체스 세트는 이미 다 나열되어 있었고, 마지막 작업을 하고 있는 관계자들이 여기저기 있었다. 기록이와 일행들이 일찍 도착해서 아직 사람들이 많지는 않았다. 대회 시작까지는 1시간이 남아있었다. 기록이, 마음이, 영재, 고똑이는 마음의 준비를 했다. 그 순간 핸드폰 벨이 울렸다. 근육이었다.

"마음이한테… 그때 미안 해따고 전해줘…. 나가 그내 스트레트를 받아떠그래떴떠…. 이번에 프랑스 갔다고 들어떠"

근육이가 힘없는 목소리로 말했다.

"어 맞아 너도 의도적으로 그런 건 아닐 거야. 맞아. 지금 체스대회 중이야."

"그래 응원하께".

기록이는 마음이에게 전달하고 마음이도 괜찮다고 했다.

"애들아 근육이도 멀리서 응원하고 있어! 아자!" 기록이가 외쳤다.

### 둘째 날과 셋째 날

다음 날 이번에는 좀 더 긴장이 풀린 채로 경기에 임할 수 있었다. 이번에 기록이가 만난 선수는 지역 챔피언이었다. 기록이는 초반에 어려운 상대를 만난 것에 대해 꽤 긴장했지만, 한 달 전부터 풀던 그 문제집을 생각하며 차분히 경기를 시작했다. 기록이는 지역 챔피언 정도는 가볍게 이길 수 있다고 생각했다. 한 시간이 지나고, 두 시간이 지나고, 기록이와 지역 챔피언의 경기는 끝이 나려고 했다. 챔피언은 자신이 과소평가했던 사람이 생각보다 잘해서, 긴장을 하고 말았다. 잠시 후 타임아웃으로 시간이 종료되었고 결국에는 지역 챔피언의 패배로 끝이 났다. 기록이는 정말 기뻤지만 바로 다음 경기가 시작되어 즐거워할 겨를도 없었다.

　둘째 날, 두 번째 경기는 꽤 긴박했다. 기록이는 시간을 조절하면서 열심히 싸웠고 결국에는 기록이의 승리로 끝이 났다. 그런데 마음이가 패배 했다는 소식이 모두를 안타깝게 했다. 아쉽지만 모두 마음이를 위로해 주었고, 마음이도 남은 시간 동안 열심히 관전 하기로 했다.

　셋째 날이 찾아왔다. 오늘이 마지막 날이라 모두 숙소에서 짐을 다 싸고 나와, 경기장으로 향했다. 셋째 날 첫 번째 경기는 기록이와 고똑이가 붙게 되었다. 고똑이는 항상 기록이를 이기고 싶어 했다. 모든 면에서 고똑이의 라이벌은 항상 영재였지만, 고똑이는 체스에서는 기록이를 이긴다는 마음을 항상 품고 있었다. 한 시간 뒤, 아슬아슬하게 기록이가 폰 하나로 경기에서 이겼다. 기록이는 결승전에 진출하였고, 영재는 아쉽게 탈락했다. 영재를 이긴 사람이 이제 기록이와 붙게 되는데, 기록이는 질 수도 있다는 생각에 불안과 압박감이 심하게 들었다.

5분 휴식 뒤, 기록이와 다른 선수의 대결이 시작된다. 기록이는 조마조마한 마음으로 기다렸다. 그렇게 힘겨운 5분을 보내고, 드디어 결승전이 시작되었다. 기록이는 사실 이 체스대회에서 결승전까지 갈 줄은 몰랐다. 경기장에 들어가는 순간, 많은 사람이 결승 경기를 보기 위해 기다리고 있었다. 기록이는 상대를 보고 깜짝 놀랐다.

### 결승전

　상대는 바로…. 기록이가 첫 번째 대회에 나갔을 때 패배했던… 채배인 이었다. 기록이는 첫 대회 때의 굴욕을 겨우 집어삼키고, 악수하며 경기를 시작했다. 기록이가 흑을 잡고, 배인이가 백을 잡았다. 오프닝은 e4, c5, 시실리안 디펜스로 시작했다. 기록이가 많이 연습했던 오프닝이어서 다행이라고 생각했다. 하지만 안심하기는 일렀다. 엄청 공격적인 라인으로 들어갔다. 미들게임으로 들어가면서 기록이가 폰 하나를 잃었다. 하지만 포지션은 더 유리했다. 점점 시간이 갈수록 배인이의 승리로 기울었다. 기록이는 이제 폰 두개나 뒤쳐져 있었고, 포지션도 좋지 않았다. 그 순간, 기록이는 문제집에서 나왔던 가장 어려운 퍼즐 중 하나가 머리에 떠올랐다. 패배 직전 상황을 역전 시키는 보기 드문 전술. 기록이는 바로 실행에 옮겼고, 점차 반격이 시작됐다. 직접적인 전술을 실행하기 위해서 9수나 봐야 하는, 일반 사람은 보기 힒든 전술이였다. 기록이가 전술하기 직전, 배인이는 전술을 보고, 바로 악수하고, 경기장을 나왔다. 기록이의 승리로, 프랑스의 대회는 끝이 났다.

- 1편 끝 -

지은이 **이다연**
Lune Lee

이 책을 구매해주신 독자분들 반가워요. 공글1기 중학교 1학년 이다연입니다. 저는 어렸을 때부터 책을 읽는 것과 새로운 이야기를 상상하여 글과 그림으로 옮기는 걸 좋아했어요. 제 어릴 적 꿈은 제 이름으로 된 책을 내는 것이었는데 그 꿈이 현실로 이뤄지다니요! 저는 이 책을 내는 것만으로도 기쁩니다. 요즘은 인터넷상에 글을 올리는 사이트가 많이 생겨나서 많은 사람이 글을 써서 사람들에게 공개하고 돈을 벌 수도 있죠. 하지만 이건 그것과는 다르다고 생각합니다. 제 꿈이 이루어지게 도와주신 많은 분(특히 성승제 선생님)께 감사드립니다. 이 책을 구매해 주신 독자분들, 부족하지만 저희가 쓴 글을 읽어주셔서 감사합니다.

# YOU R

**3월 2일**

으아아아아ㅏㅏ!!

진짜!! 다른 중학교로 전학 첫날부터 시험을 치렀다!! 그게 크게 문제가 되지는 않았지만, 문제는 그다음부터 일어났다!

시험을 치르고 선생님들이 반 배정했는데! 나는 물론 공부를 열심히 하는 편이고 전에 다니던 학교에서는 전교 2등과 항상 1등 자리를 두고 싸웠었어. 항상 이겼는데!

이번엔!

대체 왜?! 2등이냐고… ㅠㅠ

그리고 누가 일등을 한 거야….

다 맞은 애가 있는 거야?

모든 과목 중 하나밖에 안 틀렸는데….

누구냐고 도대체… ㅠㅠ

진짜 짜증 나게…. 내가 이렇게 일기장에 화풀이할 때 걘 공부하겠지?

하… 나도 공부해야 하는데, 짜증 나서 못 하겠잖아….

진짜 그냥… 일찍 자고 일찍 일어나서 해야겠다….
그땐 좀 생각이 없어지겠지…



### 3월 3일

오늘 학교에 가니 애들이 삼삼오오 모여서 수군거리는 걸 들었는데, 귀 기울여 들어보니까 대충 1등이 누구냐는 얘기, 2등이 누구냐는 얘기였는데…

잠깐! 1등을 알 수 있잖아!

그래서 애들 얘기를 더 자세히 들어보았다.

"아니, 그래서… 1등이 김준서래!"

"무슨 소리야! 내가 듣기로는 걔야."

"누구?"

"걔, 걔… 너도 알잖아. 쟤."

그러면서 한 남자애를 가르쳤다.

걔는 자고 있었는데 나중에 일어나서 뭐 말을 걸든 해야지… 하고 있었는데.

아니 왜! 학교가 끝날 때까지 안 일어나는 거냐고!

진짜 1등 맞아? 뭔데!?

3월 4일

ㅋㅋㅋㅋ 알고 보니 걔 눈이 작은 거였네ㅋㅋ. 그래서 어찌해서 말을 한번 걸어 봤는데.

"안녕?"

"어 안녕."

"넌 이름이 뭐야."

"성유준."

"아 그래? 난 유슬비야."

"응… 그 전학생?" 보니까 원래 쟤가 약간 무기력한 것 같다.

"맞아, 근데 나 궁금한 거 있거든? 너 1등 했지?"

"응…"

"근데 너 공부는 왜 하는 거야?"

"응? 할 게 없어서…"

할 게 없다고!? 그래서 공부한다고? 진짜 지독한 애다…. 근데 생각해 보니까 나도 왜 공부를 이렇게 죽어라 열심히 하는 거지?

나도, 왜 공부하는지 생각해 볼 필요가 있는 것 같은데…. 아 몰라아…. 이딴 일기 다신 안 써야지 진짜 공부할 시간이나 잡아먹고!

**3월 7일**

일기를 안 쓴다고 했는데….

솔직히 그동안 일기를 안 쓰고 사느라 매우 힘들었는데! 솔직히 그거 신경 쓸 바엔 그냥 편하게 쓰는 데 낫다 싶었다.

아니 뭐 어쨌든! 어제 드디어 걔랑 조금 친해진 것 같았다.

그 성유준ㅋㅋ

일단 걔랑 친해져서 막 놀러 다니면 걔도 할 게 생기니까, 할 걸 만든 다음, 걔가 공부를 안 하고 다른 걸 하면서 걔 성적이 떨어지면 내가 1등 할 수 있겠지?


**3월 8일**

걔한테 오늘 영화표가 하나 남는다고 얘길 해서 같이 가자고 했다. 내일 토요일이니까!

"성유준."

"왜?"

"너 내일 시간 있지??"

"응 있어."

"그러면 나랑 영화 보러 가자. 표가 하나 남거든."

"그래 뭐…"
"이거 표 구하기도 힘든 거야. 알았지? 늦으면 안 돼."
"응…" 역시 오늘도 무기력하게 대답해 줬다.


### 3월 9일

크크크 오늘 매우! 좋은 날이었다. 하하핳

내가 그냥 영화를 봤으면 뉴슬 비가 아니지. 무선이어폰으로 몰래 영어 단어를 들으면서 외웠다.

\* ' '는 무선이어폰에서 나오는 소리입니다

'dimensional, 차원의'


"영화 시작한다 슬비야."

"아, 응."

'innovation, 혁신'

이러면서 팝콘을 나눠 가지고 성유준은 영화에 집중하고 나는 영어 단어에 집중하면서 시간이 흘러갔다.

'possibility, 산업, 업계'

"야, 저 여자 예쁘지 않니?"

"응? 응."

*'ethical, 윤리적인'*

가끔 걔가 말을 걸어 줬지만, 그냥 각자 알아서 했던 거 같다. 그렇게 시간이 흘러서 어느덧 영화 막바지쯤 되었을 때 걔가 이랬었나.

"와 저기서 저런 반전이 있을 줄이야."
"그렇지 않냐?"
"아웅? 그래?"

*'endless, 무한한'*

영화를 제대로 안 봐서 몰랐는데….

"응. 그 여자랑 가족이었는데 안 놀랍니? 아빠의 비밀도 엄청나게 난데? 아빠가 왜 그런지 알겠네! 이제."
"난 딱히… 이미 예상했었어… 아빠는 이해가 간다."

*'community, 사회'*

"그럼 그 남자의 현 여자 친구가 예전 여자 친구가 거고… 정말 관계가 복잡하네."
"그러니까."

그리고 다 보고 나서 영화관을 나왔는데, 정확히 뭔 내용인지는 잘 몰랐지만, 그래도 걔가 놀 때 나는 공부를 했다는 점!

그게 아주 만족스러웠다. 다 보고 저녁 시간이 돼서 같이 밥을 먹으러 갔다.

그냥 떡볶이.

주문하고, 2인 테이블에 마주 보고 앉았는데 기분이 이상했다. 왠지 모르게 어색했다. 그래서 그냥 휴대전화기만 만지작거리면서 있었다.

그때 "야 너 이거 해 봤어?"

걔가 보여준 건, 그냥 인터넷에 떠돌아다니는 '나중에 사귈 사람의 성을 알아보는 테스트' 였다.

"여기다 이름, 나이, 성별만 적으면 돼. 해봐."

그래서 얼떨결에 걔가 시켜서 했는데….

*'유슬비 씨와 사귈 사람의 성은{성}입니다'*

"뭐!?"

내가 크게 소리를 지르니까 사람들의 시선이 나에게로 쏠렸었다.

"조용히 해."

"아 미안, 나는 성이{성}더라. 너는?"

"나는… {이}더라고."

"아 그럴… 구나."

"응…" 그러곤 다시 어색한 정적이 흘렀다.

"주문하신 떡볶이 나왔습니다."

그 정적을 깬 건 주인 아저씨였다. 먹으면서도 별로 말을 안 했다. 그 이상한 테스트 때문에 오히려 사이가 틀어졌다. 기분이 안 좋다. 왜지?


### 3월 11일

요즘에 일기를 많이 쓰는 것 같다. 생각해 보면, 일기를 쓰는 것이 나쁘지마는 아닌 것 같다.

내 머릿속 생각을 비워낼 수 있으니까. 그리고 나중에 다시 읽어볼 수 있고. 약간 패시브 같기도 하네 ㅋㅋ

어쨌든, 요즘 고민 같은 게 많아진 것 같다. 아니 많다. 전에 성유준이 알려준 그 엉터리 테스트 때문에 기분이 이상해서 요즘에 매번 그 생각이 가끔 들곤 한다. 그때마다 기분이 이상하고 오묘한데 왜지. 오늘 학교에서 성유준을 봤는데 눈이 마주쳤었다. 근데 그때 그 테스트하고 나서 드는 이상한 기분이 들었다.

오묘하고 이상한. 그 기분.

무슨 기분인지 모르겠다. 처음 느껴보는 감정인데. 인터넷 커뮤니티에 물어봐야겠다. 정말 짜증 나기도 하다. 이런 감정이 드는 게. 이런 글은 그만 쓰고, 오늘 학교에서 무엇을 했나 쓰자.

개가 내 일등자리를 뺏어갔으니까, 제거하고 싶은 마음이 들어서 어제 수업 뭐 있느냐고 물어봤을 때 수학을 빼고 알려줬다. 이번 수학 시험이 어렵다고 했는데.

그래서 개가 수학책을 안 가지고 왔느냐?

아니! (으아아악!!)

개 가방을 올래? 봤는데 수학책이 없는 줄 알았는데 학교에 두고 다니는 거였다! (으악!!!!!)

그리고 영어 쪽지 시험 결과가 나왔는데 개가 나보다 한 개 더 맞았다! (으아아악!!!!!!!!!!)

또 모르고 국어 필기 노트를 안 가지고 와서 크게 문제가 생겼다. (으아ㅏㅏ아아아아아아악!!!!!!!)

하 진짜 계속 쓰다간 일기장을 찢어버리겠네.

좀 좋은 얘기만 써야겠다.

요즘에 외국 배우에 꽂혔다. 미들을 보니까 예쁜 10대 배우가 나왔다. (영어 공부하려고 미들을 본 것이다. 절대로! 놀려고 본 게 아니라!!) 예뻐서 덕질을 하게 되었다.

아니 공부해야 하는데 아, 아니지 중급 보는 것도 공부지. 자막 없이 보니까. 공부되지! 그렇지!!! 아, 나 점점 이상해지는 것 같다. 크크

방금 성유준한테 톡이 왔다.

성유준 - 뭐해.

뭐하냐고?!! 우리 사이에 이런 대화를 해야 하나!?
성유준이 내 인생에 자꾸 들어오는 것 같다.

### 3월 15일

그래, 요 며칠 바빠서 일기를 못 썼다. 또 골치 아픈 일이 생겨났거든. 음 어쩌면 좋은 일 일수도.

13일에 우리 반에 어떤 여자애가 전학을 왔다. (내가 봐도) 예쁘게 생기긴 했다. 그건 인정해. 근데 왜!! 나한테 자꾸 말을 거는데! 전학 오자마자 바로 내 옆자리에 앉았다. 내가 좀 뒷줄이고 나도 전학생이니까 선생님께서 내 옆에 앉히신 것 같다. 마침! 내 옆자리도 비어있었고.

그런데 왜 자꾸 나한테 말 거는 거야 귀찮게…

"안녕 너 이름이 뭐야?"

"유슬비."

"아 그래 슬비라고 부를게. 나는 유다혜야." "알아."

진짜 애 때문에 수업에 집중도 못 하고!

짜증나 죽을 것 같은 나에게 좋은 아이디어 하나가 떠올랐다.

바로 애를 이용하는 것! (후후)

"있지 다혜야. 내 친구 소개해 줄까?"

"어 정말? 누군데 누구?"

"저기 앉아 있는 남자애 보이지?"

"응! 걔야?"

"응 이름은 성유준이야. 이따가 학교 끝나고 같이 떡볶이 먹으러 갈 건데 같이 가자."

"좋아!"

유다혜가 은근히 순진해서 이용하기 좋은 것 같다. 성유준하고 유다혜가 친해지면 둘이 같이 놀 때 니는 공부를 하는 거야. 그러면 경쟁자 두 명을 해치울 수 있겠어. 그렇게 되다가 둘의 사이를 완전히 틀어버려 놓는 거지! 둘이 막 완전히 믿음

가는 친구가 됐을 때!! 아니면 사귈 수도 있는데 그러면 더 좋네!(후후)

좀 나쁜 애 같나…? 다들 그럴 거야 (아마도…)

오, 이런 일기 쓰는 거에 중독이 된듯하네… 이러다 학교에 가지고 다니게 생겼어… 뭐! 학교에 갖고 가도 잃어버리지만 않으면 되니까! 오늘은 이만해야겠다.


### 3월 17일

꺅 드디어 걔 둘이 친해진 듯 해 보인다!

성유준하고 유다혜. 유다혜가 사교성이 좋아서 성유준하고 친하게 지낸다니까! (유다혜가 사교성이 좋은 건 부럽네)

그날 떡볶이 먹고 나서 우리는 헤어졌는데 같은 학원을 등록해 다니는 것 같다. 오히려 좋아! :) ;)

"안녕 성유준! 난 유다혜야! 오늘 막 슬비랑 친해져서!"

"아… 안녕."

나는 잠깐 딴짓하는척하면서 휴대전화기를 들여다보면서 그 둘의 대화를 들어보았다.

"아 그래…?"

"응!!"

성유준이 처음엔 되~게 어색해하다가 나중엔

"어? 너도 가수 좋아하는구나, 유준아."

"응 노래 진짜 잘 부르지 않아?"

"맞아, 난 특히…"

둘이 한참 떠들 때 떡볶이가 나왔다.

"얘들아. 얼른 먹자. 나 한 40분 뒤면 학원가야 해."

"아 그래. 아 근데 슬비야."

"응?"

"너도 이 가수 알아?"

"아? 누구야? 난 잘 몰라."

그러자 유다혜가 사진을 보여주면서 말했다.

"이분인데 엄~ 청 잘생겼지… ㅠㅠ"

"그러네."

난 그냥 건성으로 대답했다. 귀찮았으니까. 사실 사진도 제대로 보지 않았다.

"노래도 잘 불러. 다음에 시간 있으면 들어 봐."

"그래, 고마워. 성유준 너도 그 사람 좋아해?"

"응. 노래가 아주 좋더라."

그리고는 난 먹는 거에 집중하고 둘은 얘기하는 데 집중했다. ㅎ 성유준이 가수를 좋아한다니. 의외인 데? 게다가 같은 걸 좋아하는 친구가 있으면 얼마나 좋아! (나한테만 이지만) 그렇게 계~ 속 둘이 놀고 노래나 들으면서 공부는 안 했으면 좋겠다! :)

걔 유다혜을 이용하길 잘했어. 혼자 학원에 가는 길에 엄청나게 큰 소리로 웃었다. (깔깔깔!!) 하지만 그건 내 머릿속에서 해서 아무도 못 들었겠지만! ㅋㅋ 오늘은 좀 일찍 자야겠다. 오늘 약간 피곤했어. 휴

### 3월 19일

히히히! 내 계획대로 되고 있어! 후후

자 그래서 어제 둘이 찹쌀떡처럼 붙어 다니는 걸 봤다. 그리고, 내가 성유준하고 자리를 바꿔 앉았다. 선생님은 신경 안 쓰시는 듯했고. 아, 성유준이 먼저 바꿔 앉자고 해서 그런 거다! 내가 바꾸자고 한 게 아니고!! ㅋㅋ 뭐 어쨌든, 둘이 수업 시간에 무슨 잡담을 엄청나게 많이 했다! 히히

둘이 뭐가 좋은지 소곤소곤 말하고… 쪽지 적고… 그리고 낄

낄거리기도 했다! 히히… 내 작전대로 간다면 성유준이 내일모레 있는 영어 쪽지 시험을 망해야 하는데! 망할 거야 ㅋㅋ

급식 시간에도 둘이 크크 거리고 폰 보면서 노래 듣고 그랬다! :) 쉬는 시간에도! 성유준과 걔의 관심사가 같으니까 아주 좋다!하 그렇게 잘 돼 가는 줄 알았는데.

오늘 사건이 터졌다… ㅠㅠ

쉬는 시간에 복습하고 노트 정리한거 보면서 영어 쪽지 시험 준비하고 있을 때,

"슬비야!!"

"응?"

"잠깐 이리 와 볼래?"

"아, 왜?"

유다혜가 날 불러서 갔다.

"너 이 배우 좋아하지?" 유다혜가 사진을 한 장 보여줬다.

"응? 누군ㄷ…"

"헐 맞아."

"너 카카오톡 쏘사에 있길래. 니도 이 배우 좋아하거든."

"어머 그래?"

유다혜가 보여준 사람은 내가 최근에 입덕한 배우였다.

내가 지난번에 미트에서 봤는데 너무너무 귀엽고 예뻐서 좋아하게 된 배우다.

"언니 예쁘지 않아?"

"응, 예쁘지. 근ㄷ"

"요번에 새로운 영화 개봉하는데 거기에 나온대. 보러 가자!"

"아 나는 괜ㅊ"

"사실 이거 사촌 언니랑 보려고 했는데 언니가 구멍 내서 표 구하기 힘들다는데."

"헐?"

나는 표 구하기 힘들다는 얘기만 듣고 간다고 했다.

내가 왜 그랬지. 나중에 봐도 되는걸…

"좋아!"

"그래! 그럼 이번 주 일요일 3시에 보자!"

하. ㅜㅜ 그때 내가 왜 그랬을까….

일요일 4시부터 수학학원 있는데…

그게 상영시간이 2시간 정도란 말이지…

하 어떻게 취소하기 그렇고… 혹시 일찍 가는 건 안 되나….

아 하필 일요일… 토요일엔 학원이 없는데….

흑 뭐 선생님께 여쭤봐야겠어. ㅠㅠ 진짜 ㅠㅠㅠㅠ




와 드디어 내일 영화를 보러 가는 날!

아 그 수학학원은 저번에 조금씩 더해서 3시간을 겨우 채웠다. 휴. 힘들었어 ㅠㅠ (나 자신 대단해)

일요일에 일찍 가서 1시간 더 채워야 하지만….

12시에 가서 1시에 끝나면 점심 먹고 영화관 가면 시간 맞을 것 같다. 흠.. 근데 그때 성유준은 뭘 하려나….

제발… 공부 안 하기를… 궁금해서 톡을 보내봤다.


- 성유준. 너 이번 주 일요일에 뭐해? 얼마 지나지 않아 답장이 왔다.
- 나? 나 사촌 형이랑 영화 보려고. 이번에 개봉한 그… 뭔진 모르겠는데 하여튼 영화 보려고 추리영화였던데….


헐!

성유준도 영화를 본다고?! 얼마나 좋아!

걔도 공부 안 한다니!! 꺅!!!!!!!!!!

휴 방금 생전 처음으로 미친 짓(?)을 했다… 침대에서 방방 뛰고 춤췄다. 윽 ㅠㅠ 그래도… 아무도 못 봐서 다행이야….

아니 근데 그게 거짓말이면 어쩌지.

### 3월 24일

후후… 영화는 너무 재미있었다.

그! 런! 데! 왜! 나! 혼! 자! 봤느냐고!

도착하니까, 개 유다혜가 갑자기! 말도 안 되는 이유를 대놓고, 한 시간 정도 늦을 거니까 먼저 보고 있으라고 했다.

그래서 나는 알았다고 하고 먼저 들어가서 봤지.

근데! 영화가 끝나도록 왜!

안 오는 거야!!!!!! 진짜!!

그래서 끝나고 나서 바로 전화를 걸었다. 최,대,한 화 안 난 듯한 목소리로

"다혜야, 어딘데 왜 끝나도록 안 온 거야~?"

"아… 나 들어가려고 했는데, 입장이 안 된다고 해서 그냥 왔어… 미안…"

"아~ 그랬구나!?"

"응.. 미안 다음엔 꼭 같이 보자…"

"응!! 끊! 어!~"

하. 짜증 났지만, 최대한 참았는데. ㅠㅠ

결국 본심이 드러나 버렸다….

이런!??!


### 3월 27일

휴 다행히 다혜가 둔한지 눈치를 못 챘다. 오히려 미안해했었고. "어머… 슬비야… 미안…"

"아냐… 괜찮아…."

진짜! 이러면 내가 더욱더 미안해지잖아!!

짜증 나게!!!!!!!!

일기를 쓰고 있는 지금도 유다혜 걔가 나에게 슬픈 강아지 표정을 하면서 보고 있다.

가서 말해야겠다.

일단 목소리를 가다듬고 최대한 괜찮다는 표정으로 가서…

"다혜야, 나 진짜 괜찮아…."

"그래?"

"응. 그러니까 속상해하지 마…"

"알았어!"

금세 생기가 도네. 크크크

휴… 요즘 공부하랴…

일기 쓰랴… 애들 따돌리랴…

할 게 많아서 잠시 일기를 중단해야겠다….

그래… 초등학생일 때처럼 일기 검사하는 것도 아닌데 ㅋㅋ


### 4월 2일

한동안 인터넷을 안 했더니 오랜만에 내가 예전에 썼던 질문을 확인했다. 답글이 엄청나게 달렸네….

그때의 나도 내가 그걸 왜 썼는지 모르겠다, 공부나 하지.

뭐 예전은 예전이고, 전에 성유준하고 놀러 다녔는데 억지로 ㅋㅋ 답글 읽기 귀찮으니까, 그냥 훑어보기만 했다.

근데…

눈에 띄는 게 하나 있었다. 엄청나게 엄청나게 좋은 정보!

내가 그때,

'어떤 남사친이 있는데 걔를 보면 이상한 기분이 들어요. 어

떻게 하죠? (공부해야 하는데)'

이렇게 썼었는데, 한 엄청나게도 친절하신 분이,

'그건 사랑인 거예요. (참고로 남자들은 연애하면 연애에만 집중해서 성적이 떨어질 수도 있다는 소리가 있으니까, 유의하시고요)' 라고 답글을 달았다구!!!!! 크크크ㅋ

그래서 유다혜랑 성유준이랑 엮어서 사귀게 하면!

내가 이득이겠네! 어떻게 하면 좋을까… 음….


4월 7일

좋아!!

일단은, 롯데월드 표를 두 장 구한 다음에,

나랑 갈 사람 한 명 없느냐고 물어본 다음, 그날 시간 널찍한 사람에게 표를 주고, 그다음 하루 전쯤 못 간다고 하는 거야!

그다음 남은 한 명에게 주면…!

둘이 갈 수 있는 거지!! ㅎ, 그럼 둘의 일정부터 알아봐야시… 그래서 물이봤다.

"다혜야,"

"응…?"

"너 혹시 일정 어떻게 돼?"

"평일 중 화, 목은 무용학원 있고, 남은 월수금은 다른 학원이야. 토요일에는 내가 수학을 잘하지 못해서 하루 더 가고 일요일은 시간 좀 있어."

"아 고마워."

"근데 왜?"

"아 그냥 놀 때 약속 잡을 때 편하게 잡게 너 학원있는 데 잡으면 안 되니까."

"알았어"

다행이다! 성유준하고 일요일 시간이 비어있어서!

그날 밤, 단 톡 방에 톡을 보냈다.

- 얘들아, 나 롯데월드 표 두 장 있는데 같이 갈 수 있는 사람 있어? 이번 주 일요일에. 선착순 한 명!

바로 유다혜 한테 답장이 왔다

- 응 그러려고 물어본 거였어? ㅋㅋ

- 그래 그러면 같이 가자 다혜야.

한 2분 정도 지났을 때 성유준이 왔다.

- 앗 나도 시간 되는데… 그냥 하나 더 살까?

그럼 어떡하지…!!! 이럴 줄 몰랐는데

다행히 아무도 답장을 안 했다.

아마 유다혜가 학원에 가 있었을 것이다. 한 30분 뒤 답장을 했다.

- 어머 어머! 얘들아 나 그때 할머니 댁 가야 해서 ㅠㅠ 유준아 네가 갈래?
- 뭐… 나야 좋지. 근데 네가 구한 건데 이렇게 줘도 돼?
- 아 그게 이게 사용기간이 이번 주까지 라, 안 쓰는 것보단 너희가 써주면 오히려 고맙지. (후후 이렇게 대처하니까 속네!)
- 아 알았어. 고마워
- 헐? 유준이랑 가게 된 거야? 이런 ㅋㅋ
- 응 둘이 잘 다녀와
- ㅋㅋㅋ 알았어. 그럼 그날 기대할게 유준아 ㅋㅋ

후후후!! 이제 둘이 사귀는 일만 남았어!


### 4월 9일

후후 오늘 걔네 둘이 롯데월드 가는 날! 인 데 내가 더 설레지 ㅋㅋ 둘이 오늘 12시간 꽉 채워서 놀다 왔으면 좋겠다! 히히.

그 12시간 동안 나는 공부하면서~~ 걔들이 절!대!로! 공부 못하게 해야지~~ 크크 궁금해서 문자를 보내보았다.

- 애들아 도착했어?
- 응, 지금 사람 엄청나게 많아 ㅋㅋ

유다혜가 바로 답장했네 ㅋㅋ

그러곤 길게 서 있는 줄을 찍어 보내줬다. 많긴 많았다. 그러곤 한참 조용하다가 입장하고 점심쯤 문자가 왔다.

- 우리 점심 먹어. 성유준이 보냈다.

의외로 사진은 잘 찍네.

- 존 맛임 큐큐 너도 담에 같이 가자 슬비야.

다혜가 한마디 더 했다

- 그래 맛있게 먹어.

나도 점심을 먹어야겠다. 그렇게 둘이 점심 지나니까(특히 윤더혜가) 톡을 수도 없이 보냈다.

- 우리 아이스크림 먹어 - 우리 아틀란티스 타.

- 우리 지금 행진 보는중 - 지금 기념품 샀어!

- 지금 자이로 스윙 타.

등등… 귀찮아서 그냥 방해금지 상태를 켰다.

휴 이제야 살겠네. 아깐 계속 톡이 울렸어. 한 8시 반쯤? 다시 폰을 확인하니까 문자가 20통이 넘게 와 있었다.

"뭐야… 다 사진이네… 그냥 다 찍고 묶어서 보내주지…"

사진 중에는 둘이 같이 찍은 사진도 있고, 도찰한 사진도 있었다. 유다혜가 하도 사진을 찍어대서 성유준도 그만 찍으라고 했는지 그만하라고 문자가 있었다. 그중에는 성유준이 아이스크림을 먹으려고 입을 크게 벌린 게 촬영되어 있었다.

"이게 뭐야. 크크 푸학크크크항항 ㅎㅎㅎ 캌ㅋㅋ"

너무 웃기게 눈을 반쯤 감고 입을 크게 벌린 게 ㅋㅋ 압사하나 생성했네! ㅋㅋ

-와 저거 뭐야ㅋㅋ 재 표정 봐 ㅋㅋ

- 야 지워 유다혜

- ㅋㅋㅋ 싫어 ㅋㅋ

둘이 아주 그냥 꽁냥거리면서 톡 하네.

이참에 빨리 확 사귀어 버리지… ㅋㅋ

아 오늘 너무 집에서 공부만 했더니 나가고 싶네. 잠깐 나갔다 와야지. 준비를 대충 하고 나갔는데…

…

으아 아악!!!!!

잠깐 집 근처에 있는 상점가에서 걔 둘하고 마주쳤다! 휴 다행히 늦은 시간이라 의심받진 않았어. ㅠㅠ 그냥 가볍게 인사만 하고 갈려 했는데..

"슬비야! 우리 카페에서 잠깐 있다 가자!"

유다혜 때문에 이런 상황이 벌어졌다….

"어… 음… 그래…"

아 진짜!! ㅠㅠ

그래서 음료를 주문해서 근처 테라스에 앉아서 이야기했다.

"오늘 네 덕에 정말 재미있었어. 고마워 슬비야."

"음… 아니야…"

'고마우면 날 빨리 보내줘!!'

"넌 오늘 뭐 했어?"

성유준이 물어봤다.

"할머니 댁 갔다면서."

"아,, 그냥, 뭐… 할머니랑 이야기하고 그랬지…"

"그랬구나."

그때 주문한 음료가 나왔다.

아 다음 부분은 내일 써야지…

지금 피곤해서 못 쓰겠어…ㅜㅜ


### 4월 10일

아 그래서 어디까지 썼지…

아 음료가 나오고 나서 마시면서 성유준하고 나는 조용히 있었다. 유다혜가 주로 이야기했고… 어쨌든 진짜 어색한 상황이었는데, 알람이 울렸다. 나는 이때다 하고

"애들아, 엄마한테 전화가 와서… 미안…"

하고 자리를 빨리 빠져나왔다.

"휴…"

집으로 와서 거품 목욕을 하고 나니 개운했다. 그리고 오늘, 학교에 가니 약간 어색했다. 그래서인지 수업에 집중이 잘 안 되네. ㅠㅠ 짜증 나… ㅠㅠ 오늘 일기는 더는 쓰지 말아야겠다.

**4월 13일**

히히! 내 계획이 통했어!!!!!

드디어 빛을 발하는구나!! 내가 성유준이 여자 친구 생길 때까지 일기를 안 썼는데!! 드디어 여자 친구가 생겼어!!!

예이!!!!!!! 유다혜랑 사귄다고!!!! 꺅!!

이제 중간고사에서 1등을 못 하게 막는 장애물이 사라졌어!! 꺅 너무 좋다! 와 오늘은 내가 살면서 제일 행복한 날이야! 이 기쁨을 한동안 누려야지 ㅋㅋ 오늘은 이만.

**4월 15일**

안녕 슬비야. 네가 이런 은밀한 사생활을 갖고 있을 줄 몰랐네. 네 일기를 읽으면서 하루를 보냈어.

아마 넌 일기장을 잃어버려서 찾고 있을 거야.

일단 좀 실망이야.

네가 나 몰래 이어폰으로 공부한 건 알았어. 솔직히 내용을 이해 못하는 건 말이 안 되니까. 그런데 일부러 표를 사서 우릴 롯데월드에 보낸 거랑, 일부러 영화 보게 한 거랑…

난 처음에 네가 공부 의지가 넘친다고 생각했는데 이렇게 야비할 줄 몰랐어.

어쨌든…

오늘은 일단 자야 해. 너에게 하고 싶은 말이 아주 많아.


- 성유준


**4월 16일**

안녕, 오늘 다시 네 일기를 꼼꼼히 봤어. 보아하니 나랑 다혜랑 일부러 엮으려고 했던 거구나. 그게 통해서 엄청나게 좋았고. 근데 오늘 학교 가니까, 네가 좀 우울해 보이더라. 네가 이제 다시 혼자가 되어서 그런 거겠지. 아니면 솔로라 그런가?

곧 시험이라서 인가? 너 공부하는 모습이 보이더라. 공부는 잘되어가고? 이제 네 얘기 말고 내 얘기도 좀 할게.

보다시피, 난 다혜랑 아주 잘 사귀고 있어. 매일 통화도 하고 학교에서도 손잡고 다니고… 그냥 평범한 청소년 짝들이 하는 짓 말이야. 그래서인지 너랑은 자주 같이 안 디니지. 다혜도 별로 안 좋아하고 말이야.

아무튼, 일기를 곧 돌려줄 수도 있겠다.

4월 19일

슬비야. 그동안 네 일기를 읽고 많은 생각을 했어. 내일 돌려주기로 마음먹었어.

돌려주면서 얘기할게.


4월 20일

아아아아아아악!

성유준이! 내! 일기를! 멋대로 주워서! 제멋대로 읽고!!! 그동안 일기를 찾았는데!!! 친구로서 좀 돌려주지!!

아, 이제 친구도 아닌 것이 되겠네. 절교했으니까.

오늘 학교 끝나고 성유준이 날 부르길래 가 보았다.

"슬비야,"

"왜?"

"있지, 이거 돌려주려고."

"헐? 내 일기장? 네가 찾은 거야?"

"응 그렇다고 볼 수 있겠네."

"헐 ㅠㅠ 고마워. ㅠㅠㅠ"

"그렇게까지 고마워 안 해도 돼."

"고마워ㅠ"

"슬비야 내가 몇 쪽 읽어봤는데."

"…읽었다고?"

"아무래도 우린 안 맞는 것 같아, 그동안 고마웠어."

아아!! 그 말을 듣고 혼자서 속으로 욕을 했다.

그 뒤로 슬비는 일기장을 펼쳐 보지 않았다.

4년 후

그 일 이후 공부를 열심히 한 슬비는, 원하는 대학교에 합격했고, 기숙사에서 쓸 물건을 정리하면서 일기장을 발견했다.

"어? 일기장이네."

그녀는 오랜만에 일기장을 펼쳐 보았다.

**3월 2일**

으아아아아ㅏㅏ!!

진짜!! 다른 중학교로 전학 첫날부터 시험을 치렀다!! 그게 크게 문제가 되지는 않았지만, 문제는 그다음부터 일어났다!

시험을 치르고 선생님들이 반 배정했는데…!

"아 맞다. 이랬었는데. ㅋㅋ"


**3월 15일**

그래, 요 며칠 바빠서 일기를 못 썼다. 또 골치 아픈 일이 생겨났거든. 음 어쩌면 좋은 일 일수도.

13일에 우리 반에 어떤 여자애가 전학을 왔다. (내가 봐도) 예쁘게 생기긴 했다. 그건 인정해.

근데 왜!! 나한테 자꾸 말을 거는데!

전학 오자마자 바로 내 옆자리에 앉았다. 내가 좀 뒷줄이고 나도 전학생이니까 선생님께서 내 옆에 앉히신 것 같다. 마침! 내 옆자리도 비어있었고.

그런데 왜 자꾸 나한테 말 거는 거야 귀찮게…

"아 이때 새로운 애가 전학 왔었을 때다."

슬비는 일기장을 한 장씩 한 장씩 펼쳐 보면서 읽었다.

어느덧 마지막 페이지.

### 4월 20일

아아아아아아아악!

성유준이! 내! 일기를! 멋대로 주워서! 제멋대로 읽…

"ㅋㅋ 내가 좀 나빴었다. ㅋㅋ 성유준은 뭐 하고 지내려나? 궁금하네… 콜록!"

책장의 책을 꺼내서 짐을 싸다 보니 먼지가 날려서 슬비는 창문을 열었다. 구름 한 점 없는 하늘에 아직은 차가운 바람이 조금씩 불긴 했지만, 그래도 기분 탓인지 포근하게 느껴지는 날씨였다.

슬비는 일기상을 편 뒤 팬을 집이 들이 일기를 적어 내려갔다. 4년 전 4월 20일 뒷장에 2월 26일의 새로운 이야기가 적혀지고 있었다.

일기를 적으며 바삐 움직이던 손이 멈췄다. 오랫동안 갖고 다녔던 그 일기장에는 때와 함께 추억이 서려 있겠지. 오랫동안 펼치지 않아서 그런지 색이 바래고 잉크색도 연해진 것 같다. 경쟁자이긴 해도 한때는 친했던 친구였다. 날 우울하게 하기도 했던 그 애의 말들을 곱씹으며 다정하면서도 서러웠던 그때의 기억을 되살려 본다.

'생각해보니 괜찮았던 것 같기도 해. 경쟁자였던 그 애를 친구로 생각하고 배신하지 않았더라면, 그랬더라면 뭔가 달라졌을까?'

중학교의 마지막 기말고사를 볼 때 준비가 되어있느냐고 묻던 어머니의 말이 기억난다.
"기말고사 잘 볼 수 있지? 지금까지 열심히 했잖아"
"그럼요. 준비는 언제든 되어있던걸요"

중학교에 입학했을 그때도 똑같은 대화를 했었지, 아마.라는 생각을 하며 다시 한번 눈길을 창문 쪽으로 돌린다. 눈이네.

아직도 눈이 오나? 언젠가 다시 그 애를 만나게 된다면 사과하며 웃어줄 것이다. 비록 이젠 친구가 아니지만, 그 애도 공부를 잘했으니 좋은 대학교에 합격했을 것이다. 나만 힘들지는 않았을 테니까. 슬비는 그 일기장을 상자에 넣었다. 자신의 학교생활을 다시 기록해 보기 위해.

지은이 **강민주**
Stella Kang

저는 공글 1기 6학년 강민주입니다. 처음 공글을 시작할 때는 글쓰기가 무엇인지 또 글쓰기의 중요성을 잘 알지 못했습니다. 글쓰기만 하면 갑자기 머리가 하얘지고 어떻게 글을 쓰는지 몰랐던 제가 지난 1년간 공글을 통해 많이 성장할 수 있었습니다. 공글을 통해 미래 용어, 경제 용어 등 다양한 용어를 알 수 있었습니다. 또한 친구들이 추천해준 책을 읽는 방식으로 책을 읽어서 많은 장르의 책을 읽을 수 있었습니다. 공글을 하면서 책 읽기가 얼마나 중요하고 재미있는지 알 수 있었습니다. 제가 수업 시간에 가장 좋아하는 시간은 바로 수업 글쓰기입니다. 수업 글쓰기는 자기 생각을 글로 쓰는 것인데 그걸 쓸 때면 평소에는 잘 표현하지 못했던 저의 마음과 제 생각을 글로 쓸 수 있었습니다. 이런 글쓰기 덕분에 저는 어디서든 글로 저의 공간을 만들 수 있는 제1기 공글러가 되었습니다. 앞으로도 공글을 하면서 많이 성장해 나가고 싶습니다.

# 오리 가정 폭력의 시작,
# 미운 오리 새끼

    어느 연못가에서 살고 있던 엄마 오리가 알들을 품고 있었어요. 엄마 오리의 알들에서는 새끼 오리가 하나씩 태어났지만, 외모가 다른 모습을 한 새끼 오리도 태어났어요. 외모가 다르게 태어난 미운 오리 새끼는 주변에 살던 오리들로부터 괴롭힘을 당했죠. 그뿐만이 아니었어요. 아기 오리의 엄마는 다른 오리들과 심하게 차별을 했고, 새끼 오리를 때리는 등 오리 가정 폭력을 가했어요.

    참다못한 미운 오리 새끼는 국번 없이 '52' (뜻: 오리)에 전화했고, 오리 경찰은 오리 가족들을 잡았고, 미운 오리는 행복하게 살았습니다…. 가 아니라 미운 오리가 경찰한테 전화하는 와중에 엄마가 발견해 미운 오리를 엄청나게 폭행했어요. 그렇게 미운 오리는 항상 폭행을 당하며 살았답니다. 몇 년이 지나고 미운 오리는 어른이 되어 결혼을 해서 알을 낳았어요.

    그 이후로 미운 오리 새끼는 행복했을까요? 물론 미운 오리 새끼는 엄마 품에서 벗어나 행복하겠지만 미운 오리 새끼는 자신의 아이 중 키가 작은 한 명을 폭행하고 차별했어요. 여러분 이런 말 들어보셨죠? '가정 폭력은 또 이어진다.' 이렇게 미운 오리 새끼부터 시작해 미운 오리 새끼의 자손들은 한 명씩 오리 가정폭력을 당하고 있어요. 혹시나 이 글을 읽는 분은 오리 가정폭력을 당하시거나 당하는 것을 보시면 국번 없이 '52'에 전화해주세요.

## 개미와 베짱이의 원본 이야기

  햇빛이 쨍쨍한 어느 여름날이었어요. 개미들은 겨울에 먹을 음식을 땀을 흘리며 열심히 모았어요.
  한편 베짱이는… 내년에 있을 올림픽을 준비하고 있었어요. 베짱이가 참가할 종목은 멀리뛰기였어요. 베짱이는 이번 여름에 국가대표로 뽑혀 올림픽에 참가할 수 있었어요. 베짱이는 원래 훌륭한 바이올리니스트가 되려고 열심 노력했지만, 바이올린을 잘하는 베짱이들이 너무 많아 다른 길을 선택한 거였어요. 하지만 멀리뛰기도 쉽지 않은 길이었어요. 지난 올림픽에서 우승한 개미 선수는 정말 세계적인 선수였거든요. 그런 개미를 이기기 위해 베짱이는 열심히 노력했어요. 베짱이가 열심히 노력하는 동안 개미들은 아직도 식량을 구하고 있었어요. 그러다 어떤 개미가 베짱이에게 시비를 걸었어요.

"너는 우리 개미 선수를 절대 못 이겨~ㅋㅋ"

베짱이는 화가 났지만 다른 곤충의 시선은 중요하지 않은 것이라는 엄마의 말씀이 떠올랐어요. 그래서 베짱이는 꾹 참았어요. 그렇게 1년이 지나고 올림픽이 열렸어요. 베짱이는 자신이 노력한, 모든 것을 전부 보여 줬어요. 하지만 결과는 안타까웠어요. 심판의 편파 판정 때문에 베짱이가 4위를 한 것이었어요. 베짱이는 슬펐어요. 1위를 한 개미가 부러웠어요.

하지만 반전이 일어났어요. 1, 2, 3등이 약물 검사에서 양성이 나왔던 것이었어요. 그렇게 베짱이는 정정당당하게 1위를 하고 개미 나라는 올림픽 위원회기 제재해 더 이상 올림픽에 참가할 수 없게 되었어요. 그 이후로 베짱이는 세계에서 가장 멀리뛰기를 잘하는 선수가 되었어요.

## 사자와 쥐

옛날 옛적에 사자와 쥐가 살았어요. 쥐는 마음씨가 착했지만, 정반대로 사자는 욕심이 많고 못됐어요. 어느 날 사자는 질투가 났어요.

"왜 사람들을 멋진 나보다 작고 못생긴 쥐를 더 좋아할까? 미키마우스도…"

톰과 제리의 제리를 떠올리며 사자는 생각에 잠겼어요. 그때 쥐가 그만 사자 꼬리를 밟아버렸어요. 사자는 한입에 먹으려고 하다가 쥐가 애걸복걸하는 것을 보고는 한 번만 놓아주겠다고 하였어요. 며칠 뒤 사자는 그만 사냥꾼 덫에 걸리고 말았어요. 그 순간 쥐가 나타나 사자에게 자신을 잡아먹지 않으면 풀어주겠다고 했어요. 사자는 당연히 동의했고 쥐는 덫을 열심히 물어뜯어서 사자를 풀어줬어요.

하지만 사자는 덫에서 풀리자마자 쥐를 잡아먹었어요. 그리고 몇 분 뒤 사자는 배가 아파 어쩔 줄 몰라하다가 숨이 끊어졌어요. 어떻게 된 일이냐고요? 그 이유는 쥐가 실수로 쥐약을 먹고 병원에 가던 중 사자의 울음소리가 들려 자신이 사는 것을 포기하고 사자를 도우러 간 것이었어요. 사자는 그런 쥐의 희생도 모르고 쥐를 잡아먹은 거였어요. 그렇게 은혜도 모르고 욕심을 부리던 사자는 결국 끝이 안 좋았어요.

지은이 **김학빈**
Kevin Kim

공글 1기 6학년 김학빈입니다. 벌써 공글을 시작한 지 1년이 되어 가네요. 완벽한 줄만 알았던 저의 글들이 틀린 곳이 이렇게 많은지 공글에 오고서야 알게 되었어요! 공글에 다니지 않을 때는 두꺼운 책을 보면 읽기를 싫어했는데 이제는 뭔가 읽어보고 싶다는 생각이 먼저 듭니다. 솔직히 저는 글을 잘쓰는 작가들만 책을 낼 수 있는 것이라 생각했는데, 평범한 학생들도 이야기를 써서 책을 낼 수 있다는 사실이 놀랍기만 합니다. 아직 실수가 잦긴 하지만 그 실수를 발전할 수 있는 발판이 되도록 도와주시는 공글 선생님이 계셔서 제 글쓰기 실력은 점점 나아지고 있습니다. 막상 제가 쓴 이야기들이 책으로 나온다고 생각하니 이야기가 너무 짧은 것 같다는 생각이 들기도 하고 어떤 부분은 다시 고치고 싶다는 생각이 들기도 합니다. 이런 아쉬움이 모여 더 좋은 책을 쓸 수 있는 작가가 되는 것이겠지요. 다음에는 더 멋진 글을 쓰는 작가로 여러분 앞에 돌아오겠습니다.

# 모짜렐라

옛날 옛적 아주 먼 옛날 모짜렐라가 살았어요. 그녀는 계모와 언니들에게 구박을 받았습니다. 그러던 어느 날 그 집에 이메일이 한 통 왔는데, 왕자의 파티에 초대한다는 것이었습니다. 그래서 모짜렐라는 옷을 훔쳐 파티에 갔습니다. 왕자가 모짜렐라에게 반해서 파티를 즐기던 중 12시 종이 쳤습니다. 모짜렐라는 '나 혼자 산다' 본방사수를 해야한다며 집으로 달려가다가 구두 한 짝을 떨어트리고 왔습니다.

다음날 왕자는 신하와 함께 그녀가 떨구고 간 구두 주인을 찾으러 다녔습니다. '나 혼자 산다'를 보고있는 모짜렐라에게 왕자가 찾아왔습니다. 신하는 모짜렐라에게 구두를 신겨보았지만, 지난 밤 파티에서 너무 많이 먹은 탓에 발이 부어서 맞지 않았습니다.

하지만 열심히 다이어트를 했던, 둘째 언니는 구두가 맞아 왕자와 결혼하고 모짜렐라는 '나 혼자 산다'를 보며 치맥을 즐겼다고 합니다.

## 맹꽁이 왕자

지금으로 부터 100년 후, 두꺼비 왕자의 아들 맹꽁이 왕자가 살았어요. 맹꽁이는 작은 샘에서 살았어요. 그곳은 일론 머스크가 지은 최첨단 화성 마을이어서 자연이 아주 깨끗했지요. 하지만 그곳은 부자들만 갈 수 있는 곳이었기 때문에 테슬라와 비트코인을 산 사람들만 갈 수 있었어요.

맹꽁이는 개구리 왕자의 후손이라 개구리 왕자가 <개구리 왕자> 책 저작권을 가지고 있어, 그의 손자인 맹꽁이는 아주 부자였지요. 그는 전용 로켓을 타고 그곳으로 갔지요.
 그렇게 평화롭게 살던 어느날 샘에 다이아몬드로 된 공이 날아와 빠졌어요. 그는 갑자기 날아온 공을 보고 '이걸 팔면 큰 돈을 벌 수 있지 않을까?'라고 생각했어요. 그러던 중 어떤 여자아이가 빠진 공을 보고 울기 시작했어요. 그는 그녀를 보고 첫눈에 반했어요.
 그는 공을 가져다주기로 결심했지요. 그는 공을 가져다주면서 그녀에게 이름을 물어봤어요. 그녀의 이름은 나일론 머스크였어요. 그녀는 일론 머스크의 손녀딸이었어요. 공을 찾게 된 그녀는 그를 집에 초대했어요. 그는 일론 머스크가 세계 최고의 부자라는 사실을 알고 있었기에 무조건 좋다고 했어요.

다음날 그는 일론 머스크의 집에 도착했어요. 그의 집은 거의 E마트 쇼핑몰 크기에 맞먹었어요. 집안에 들어가니 나일론 머스크가 있었어요. 그녀는 그를 그 집에서 하룻밤 묵게 해주었어요. 그는 밤에 잠을 자다가 깼는데 목이 말라 물을 마시려 나오다가 어떤 사람들이 말하는 것을 들었어요. 소리가 들리는 방을 들여다보니 그곳에는 나일론 머스크와 그녀의 비서가 있었어요.
그녀는 비서에게 말했어요.
"흐흐흐 그 녀석은 힘을 아주 잘 쓰는 것 같군"이라고 했어요. 맹꽁이 왕자는 비서가 어떤 것을 받아적는지 봤어요. 거기에는 강제노동을 시키고있는 양서류들의 이름이 적혀 있었고 강제노동 내역이 있있어요. 그는 바로 그곳에서 탈출을 했어요.
하지만 도망치다 5m도 못 가서 넘어지고 말았이요. 넘어지는 소리를 듣고 나일론 머스크가 경비를 불러 그를 잡도록 했어요. 그가 창문을 넘어 도망치려고 하던 찰나, 철 셔터가 내려오면서 모든 창문이 달혀버렸어요. 다시 문으로 도망치려고 했지만 나갈 때 홍채 인식이 필요해서 나가지 못했어요. 그래서 계속 도망치다가 막다른 곳에 다다랐어요.

그곳에는 방이 하나밖에 없었어요. 그는 그곳에 들어가 문을 잠그고 '겨우 살았구나'하며 크게 숨을 쉬었어요. 그때, 경비들이 문을 부수고 들어오려고 했어요.

'이젠 진짜 끝이구나'라고 생각하고 있는데 갑자기 천장이 폭파되면서 헬기 하나가 내려왔어요. 그곳에는 맹꽁이 왕자의 부인 도롱뇽 공주가 타고 있었어요. 그래서 맹꽁이는 구사일생으로 살아났어요. 그녀는 사실 맹꽁이가 바람을 피울까 봐 쭉 쫓아가다가 위험에 빠진 걸 알고 최첨단 포켓 헬리콥터를 꺼내 구해준 것이었어요.

하지만 그녀는 바람을 피운 것에 화가 나서 맹꽁이 왕자와 헤어졌어요. 맹꽁이는 테슬라가 저지른 만행을 세계에 널리 퍼뜨려 테슬라의 주식과 비트코인의 가치가 폭락했어요. 때문에 테슬라 대신 NASA가 세계 최고 부자가 되었지요. NASA는 고마움의 표시로 1972년을 일해야 벌 수 있는 양의 돈을 받았어요. 하지만 맹꽁이가 탄 포켓 헬리콥터와 로켓은 사실

NASA와 협찬을 받고 얻은 것이었어요. 그리고 맹꽁이는 사실 테슬라를 없애기 위해 미션을 받은 스파이였어요. 그래서 맹꽁이 가문은 평생 오래오래 행복하게 솔로로 살았답니다.

## 흥부 204세와 놀부 213세

흥부와 놀부가 살았어요. 그들은 맹꽁이 왕자가 사는 화성에 가기로 했어요. 흥부는 놀부가 막대한 돈을 들여 산 로켓을 몰래 타고 가기로 했어요.

로켓은 날아가던 중 정원 초과 센서에 불이 들어오더니 놀부가 타고 있는 곳과 흥부가 타고 있는 곳이 둘로 나누어졌어요. 놀부는 조종석 부분이라 화성에 갈 수 있었지만, 흥부는 나머지 창고 부분이라 하는 수 없이 날아가다 어느 행성에 부딪혔어요. 그곳은 달이었어요. 토끼와 거북이에서 나온 도끼가 떡을 찧고 있었어요. 흥부는 불쌍한 척을 해서 마음씨 좋은 토끼와 오래오래 떡을 먹으며 살았답니다.

지은이 **이태은**
Bona Lee

공글 1기 6학년 이태은입니다. 공글을 처음 시작했을 때는 많이 서툴렀지만, 공글을 통해 다양한 장르의 글을 읽고, 문법도 배우면서 글을 편하게 쓸 수 있게 되었습니다. 공글 수업은 아이들이 추천한 책을 한 달에 한 권씩 읽습니다. 저는 재미있었던 책은 작가도 찾아보고 그 작가가 쓴 다른 책도 찾아 읽어보기도 합니다. 수업 시간에 경제 용어, 심리학 용어 등을 배우는데 뉴스나 신문을 볼 때 많은 도움이 됩니다. 저는 지금 많이 설렙니다. 저희같은 어린 친구들이 책을 낼 수 있다는 것이 신기하기 때문입니다. 꿈을 꾸고 있는 것 같았는데 작가소개 글을 쓰다 보니 실감이 납니다. 저희가 쓴 글이 책으로 출판이 되고 그 책을 서점에서 살 수 있다는 생각을 하니 왠지 글을 더 잘 쓰고 싶다는 생각이 들기도 합니다. 저는 사람들의 마음을 따뜻하게 해주는 좋은 글을 많이 써서 글꽃 향기로 가득한 세상을 만들고 싶습니다.

## 엄지왕자

아주 작은 초소형 캡슐 안에 남자아이가 잠들어 있었다. 몇 분 뒤, 캡슐 문이 열리고 남자아이는 눈을 떴다. 그렇게 태어난 아이는 아주 작은 크기였다. 그래서 아이의 부모는 이름을 엄지왕자라고 지어줬다. 아이를 낳을 수 없었던 부모는 엄지왕자를 키우기로 하고 말하기와 글쓰기처럼 사회생활에 필요한 모든 것을 엄지왕자에게 가르쳐주었다. 엄지왕자는 머리가 좋아서, 모든 지식을 빠르게 습득했다. 그러던 어느 날, 방 창문이 모두 검은색으로 도배되어 있어 답답했던 엄지왕자는, 아침에 아빠가 출근할 때 몰래 아빠의 가방으로 들어갔다.

바깥 세상은 엄지왕자가 책에서 읽은 것과는 달리 어두웠다. 어두운 세상 그 아래에 도시, 즉 인간들이 사는 세상이 있었다. 아빠는 가다가 한 터널에서 멈췄다. 바로 그때 엄지왕자는 보고도 믿기 힘든 일을 보고 말았다. 자신처럼 작은 인간이 도망을 치고 있었는데 아빠가 그 작은 인간을 덥석 잡아서 한 요리사에게 주는 것이었다.

"잘못하면 놓지 칠 뻔했네요"라고 아빠가 말하자, 요리사는 "아ㅎㅎ 감사합니다. 도망갈 수 없게 다리를 자르든가 해야 겠네요"라고 말하며 아빠에게 감사 인사를 전했다. 엄지왕자 는 충격에 빠졌다.

아빠는 다시 길을 걷다가 한 식당에서 멈췄다. 엄지왕자는 배고프다는 생각이 들어, 인간들이 무엇을 먹고 있는지 슬쩍 보았다. 엄지왕자는 또다시 충격에 빠졌다. 인간들이 자신처 럼 작은 인간들을 먹고 있었다. 아빠는 가방을 풀고, 식당에 자 리를 잡았다. 가방을 열고 무언가를 꺼내려고 하던 그때, 엄지 왕자가 손에 잡혔다. 아빠는 깜짝 놀라서 식당에서 뛰쳐나왔 다. 그리고 엄지왕자에게 어디까지 보았냐고 물어보았다.

"인간들이 저처럼 작은 인간을 먹고 있었어요" 엄지왕자는 솔직하게 대답했다. 그러자 아빠는 엄지왕자에게 이야기를 들 려주었다.

"우리 인간들은 예전에 지구라는 예쁘고 아름다운 곳에 살 았다. 하지만 인간들의 끝없는 욕심 때문에 지구의 자원이 파 괴되어, 얼마 남지 않은 인간과 동물이 먹을 거리를 찾아다니 면서 버티던 중, 전 세계의 유명 과학자들이 남아있는 3천만 명의 인구를 모두 태울 수 있는 우주선을 제작했다. 엄지왕자의 엄마 아빠 역시 그 우주선에 탔고, 또 다른 지구를 찾기 위해, 지금은 파괴된 지구를 떠났다. 우주선에 있던 사람들은, 고기가 먹고 싶은 인간의 본능을 이겨 낼 수 없었다. 결국 인간들은 자신의 유전자를 이용해 엄지왕자처럼 초소형 캡슐 인간을 만들어 냈다. 처음에는 거부하는 사람들이 대다수였지만, 시간이 지나고, 식물만 먹고 살 수 없었던 사람들은 점점 초소형 인간을 먹기 시작했다. 엄지왕자의 엄마와 아빠 같은 소수의 사람을 제외하고."

집에 돌아온 엄지왕자는 너무 피곤한 나머지, 자신도 모르게 일찍 잠이 들었다. 그날 밤, 누군가 창문을 두드리더니 엄지왕자에게 밖으로 나갔다. 엄지왕자는 알 수 없는 힘에 이끌려 밖으로 나가게 된다. 그리고 자신처럼 작은 인간을 따라 행성을 탈출했다.

# 난쟁이들이 다시쓰는
# 백설공주 이야기

　옛날에 한 왕비가 창가에 앉아 바느질을 하고 있었어. 실수로 바늘이 손가락을 찌르자 피 한 방울이 창틀에 쌓인 흰 눈 위로 떨어진 거야. 이것을 본 왕비는 "까만 흑단 같은 머릿결에 흰 눈 같은 피부에 이 피처럼 붉은 입술을 가진 딸을 가졌으면" 하고 소망하였지. 얼마 지나지 않아 왕비는 아이를 가졌고, 소원한 것과 같이 흑단같이 까만 머릿결에 흰 눈처럼 하얀 피부, 피처럼 붉은 입술을 가진 딸을 낳았어. 왕비는 아이 이름을 백설 공주라고 지었어. 그러나, 왕비는 백설공주를 낳은 지 얼마 안 되어 죽고 말았지. 왕은 새 왕비를 맞아들였는데 새로 맞이한 왕비는 이중인격자였어. 새 왕비에게는 말하는 거울이 있었어.

　왕비는 거울에게 누가 세상에서 제일 예쁘냐고 물었는데, 그 거울은 처음으로, "백설공주입니다"라고 말했어. 그 말을 들은 왕비는 너무 분해서 당장 백설공주를 죽이려고 나섰어. 그 사실을 알게 된 백설공주는 왕비를 피해 궁궐을 나와 여기저기 헤매고 다니다가 우리집까지 오게 된 거야.

백설공주는 우리에게 하룻밤만 재워달라고 했지. 우리는 흔쾌히 허락했어.

그날 밤, 우리는 백설공주가 묵고 있던 방에서 빛이 강하게 나오고 있는 걸 목격했어. 문에 가까이 가서 백설공주가 하는 말을 들어보니, "거울아 거울아 이제 누가 더 예쁘니?" 하고 묻는 거야. 그리고 거울은 사악하게 웃으며 "당연히 왕비님이지요" 하고 말하는 거 있지? 우리는 소름이 쫙 끼쳤어.

다음 날 아침, 백설 공주의 방에 들어가 보니, 왕비는 어디에도 없고, 백설 공주의 시체가 놓여있는 거야. 우리는 너무 놀라 멀리 도망쳐 버렸어. 그때 백설공주를 살렸어야 했는데 말이야. 그리고 우리는 지금 어딘지도 모르는 숲속에서 죄책감에 시달리며 글을 쓰고 있어. 제발 우리 좀 도와주지 않겠니?

# 제이콥의 친구가 알려주는
# 라푼젤 진짜 이야기

  옛날 옛적에, 아이가 없는 가난한 부부가 살고 있었어.

  하루는 임신한 아내가 상추가 먹고 싶다고 하는 거야. 당장 상추를 구할 수 없었던 남편은 어쩔 수 없이 옆집의 텃밭에 심어져 있는 상추를 몰래 뜯어 아내에게 주었어. 그 후로도 아내가 상추를 먹고 싶다고 할 때마다 남편은 옆집 텃밭의 상추를 훔치다가 그만 집주인인 마녀에게 들키고 말았지. 마녀는 앞으로도 상추가 필요하다면 이 밭의 상추를 다 가져가도 좋다고 하며, 그 대가로 부부 사이에서 태어난 아이를 자기에게 넘겨 달라고 거래를 제안해. 너무나 가난해서 아이를 낳아도 기를 수 없을 거라 생각한 남편은 마녀의 제안을 받아들이기로 했어. 남편은 "만약 우리 부부에게서 아이가 태어난다면 당신에게 드리겠습니다."라고 약속을 하게 되지.

  그 후 부부는 딸을 얻게 되었는데, 아내가 먹은 채소의 이름을 따 이름을 라푼젤이라 지었어. 마녀는 부부를 찾아와 옛 약속을 지키라고 말해! 남편은 막상 딸을 마녀에게 주려니 제 손으로 자식을 죽이는 것 같은 기분이 들었어. 결국 하나밖에 없는 딸을 버릴 수 없었던 부모는 라푼젤을 데려가 입구도 계단도 없는 높은 탑에 가두어 버려. 시간이 흘러 라푼젤은 아름답게 자라났어. 한 번도 머리카락을 자르지 않았기 때문에 라푼젤의 머리카락은 땅에 닿을 만큼 길고 아름다웠어.

그러던 어느 날 한 왕국의 왕자가 탑 아래를 지나다 라푼젤을 보고 첫눈에 반한 거야. 왕자는 라푼젤이 있는 곳으로 가려고 했지만, 입구도 계단도 없는 탑이었기에 올라갈 방법이 없었었어. 그때 누군가가 라푼젤의 긴 머리를 잡고 탑으로 올라갔어. 그 모습을 본 왕자는 똑같은 방법으로 탑에 올라갔어. 왕자와 라푼젤은 금방 사랑에 빠지게 되었어.

하지만 그녀의 부모는 라푼젤이 왕자를 몰래 만난 것을 알고 라푼젤의 머리를 잘라 쫓아냈어. 이후 라푼젤의 엄마는 자신이 잘라낸 라푼젤의 머리로 왕자를 유인한 후 높은 곳에서 그를 떨어트려. 왕자는 가시덩굴에 떨어져 눈이 멀게 되지만 끝까지 라푼젤을 찾아다니다가 결국 라푼젤과 재회해서 눈물을 펑펑 흘렸어. 그런데 그때 라푼젤의 눈물이 왕자의 눈에 떨어지면서 왕자는 시력을 되찾게 돼. 그리고 왕자는 라푼젤의 부모를 찾아 벌을 주지. 라푼젤과 왕자는 어떻게 되었냐고? 당연한 걸 뭘 물어? 맞아, 지금 당신이 생각한 그대로야.

지은이 **장진혁**
Francisco Jang

공글 3기 한별초등학교 6학년 장진혁입니다. 꿈은 배구선수인데 우연히 본 배구 애니에서 와 저거 멋진데? 라는 생각을 한 것이 계기가 되어 배구선수라는 꿈을 가지게 되었습니다. 저는 주로 판타지, 로판 장르의 글을 쓰고 좋아합니다. 처음 글을 쓸 때는 많이 어색하고, 난 잘 쓴 것 같은데 사람들은 재미가 없다고 해서 속상했지만 계속 수업하면서 글을 쓰다 보니 자연스럽게 글쓰기 실력이 늘었습니다. 책에 대한 반감도 줄어들었고 생각을 글로 멋지게 표현할 수도 있게 되었습니다. 공글 수업을 시작한 지 엇그제 같은데 벌써 일 년이 다 되어갑니다. 시간은 참 빨리도 흘러가는 것 같습니다. 1년 동안 수고하셨고 앞으로도 활기찬 수업을 계속해주실 성승제 선생님께 감사 인사드립니다. 선생님 감사합니다. 끝으로 제가 쓴 이야기, 재밌게 읽어 주시면 감사하겠습니다.

## 행복한 공주

옛날에 공주 조각상이 있었습니다. 사람들은 그 조각상을 보면서 모두 감탄했습니다. 어느 날 밤 어떤 도둑이 공주 조각상에 달린 보물을 훔치러 왔습니다.

공주 조각상 : 도둑아 내 보물을 훔치기 전에 저기 가난한 사람에게 보석을 하나만 전해주겠니?
도둑은 보물 하나를 가난한 이에게 나누어 주었습니다.
도둑 : 이제 보석 훔친다아~
공주 조각상 : 잠깐 이 보석만 저 아픈 사람에게 가져다주고 이걸 훔쳐줘!
도둑 : 그래 난 착하니까.
도둑은 보석을 아픈 이에게 가져다 주었습니다.

도둑 : 자 이제 훔친다아~
공주 조각상 : 잠깐! 저기 배고픈 사람에게 이 보석만 전해주고 훔쳐줘.

도둑 : 알겠어! 난 선량한 시민이니까^^

도둑은 또 배고픈 이에게 보석을 주었습니다.

도둑 : 이제 진짜 훔친다아~^^
경찰 : 멈춰~
도둑 : 하……

도둑은 감옥에 가고 공주 조각상은 오래오래 사랑받았답니다.^^

## 개미와 베짱이

머나먼 미래 개미와 베짱이가 회사에 다니고 있었습니다. 베짱이는 옛날 일을 교훈 삼아 열심히 일하였고 반대로 개미들은 서로에게 말을 미루며 회사 컴퓨터로 게임만 하면서 시간을 보냈습니다.

그로부터 한 달 뒤 베짱이는 평가도 잘 받고 성과금도 받았습니다. 반면 개미들은 벼락치기로 일을 끝냈지만, 성과가 없어 사장이 월급을 조금만 줬습니다. 거기다가 세금까지 뜯겨서 돈이 거의 없었습니다. 그래도 개미들은 일할 시간에 계속 게임만 했습니다. 베짱이가 한마디 했습니다.

"너희도 세금 내는 날을 대비해서 일 좀 해!"

개미들이 맞받아쳤습니다.

"그게 네가 할 소리냐! 저번 겨울에 네가 식량 저장 안 해서 우리가 다 떠먹여 줬잖아!" 베짱이가 다시 말했습니다.

"야, 그거 내가 노래해줘서 다 살았어!"

개미들은 그냥 무시해 버렸습니다. 다음 월급날 베짱이는 또 돈을 많이 벌고 승진했지만, 개미들은 월급을 아예 못 받았습니다. 결국 집세를 내지 못한 개미들은 베짱이 저택을 찾아가 구걸을 했습니다.

"돈을 조금만 빌려줘" 하지만 베짱이는 이렇게 말했습니다. 그럼 이자 빌린 돈에 80%(솔직히 베짱이 선넘네ㅋㅋ) 결국 개미들은 돈을 빌려서 집세를 내고 밥을 먹고 생필품을 샀답니다.

돈을 어떻게 갚을지는 2편에 공개합니다.

## 토끼와 거북이

 토끼 가문은 저번에 거북이에게 진 뒤로 절대 달리기 경주를 하지 않았습니다. 그리고 거북이들은 곧잘 토끼들을 비웃어 주었죠. 그러던 어느 날 후배 토끼들이 거북이에게 비웃음 당하는 장면을 목격했습니다.
 '으윽 날 놀리는 걸로 모자라……'
 그날 뒤 토끼는 경주 연습을 시작했습니다. 그러다가 이런 생각을 했습니다.
 '음.... 내가 달리기는 더 빠르니까 중간에 자지만 않으면 돼'
 그리고 후배 토끼들에게 말했죠.

 "너희는 토끼다 우리가 거북이를 비웃어야 한다! 지금부터 자지 않는 연습을 해라! 가문의 명예를 걸고! 내가 밤에 누가자나 검사를 하겠다!"

 그 토끼는 자기 계획이 완벽하다고 믿고 있었어요. 하지만 계획에 차질이 생겼죠. 바로 토끼들이 낮에 잔다는 것입니다.

하지만 그 사실을 대장 토끼가 알 리가 없었습니다.

그 결과 한 달 뒤 토끼들은 결국 야행성 동물이 되었죠.

"이… 이게 무엇이냐!"

하지만 대장 토끼만은 자지 않는 동물이 되었습니다.

"내가 시합을 해야겠군."

그리고 거북이와 시합을 시작했습니다. 토끼가 결승전 앞으로 거의 왔을 때 거북이가 앞에 서 있었습니다. 거북이는 뒤로 간 것이었죠. 토끼는 당했다는 건 알았지만, 거북이가 무슨 반칙을 했는지는 몰랐습니다. 결국 1차 승부는 지고 말았죠.

과연 다음에는 토끼가 거북이를 이길 수 있을까요?

## 꿈꾸는 숲 테라비시아

끼이익! 오늘은 버스가 내 예상보다 빨리 왔다.

그 때문에 난 서둘러 가야했지만, 스쿨버스가 늦게 오는 것보다는 나았다. 난 재빨리 버스에 올라타 항상 앉던 자리에 앉았다.

내가 항상 같은 자리에 앉는 이유는 내가 친구가 없기 때문이다.

버스가 출발했다. 스쿨버스가 학교에 다다를 때쯤 난 먼저 벨트를 풀고 나갈 준비를 했다.

"다 왔다 모두 내리렴."

난 곧바로 튀어나와 교실로 들어갔다. 굳이 빠르게 갈 필요는 없었지만, 제니스를 마주치지 않으려면 그래야 했다. 오늘도 역시 제니스에게 1, 2학년들은 괴롭힘을 당했을 것이다. 지루한 수업이 끝난 후 선생님께서 숙제를 내주셨다. 오늘의 과제는 내가 상상하는 나의 모습을 적는 것이었다.

난 까먹지 않게 메모를 해두고 집에 갈 준비를 했다.

딩동댕~

나는 곧바로 집으로 향했다.

띠띠띠 띠리링!

현관문을 열고 들어가니, 동생 메이벨이 도미노를 쌓고 있었다.

"안녕, 오빠"

"그래."

나는 도미노가 쓰러지지 않게 조심히 걸어 내 방에 도착했다.

그리곤 침대에 누워서 과제(내가 생각하는 나의 모습)를 고민했다. 단순하던 생각이 점점 커지기 시작했다. 나는 점점 상상 속으로 빨려 들어가는 기분 들었다. 나는 잠시 눈을 감았다.

그 순간 나는 깜짝 놀랐다. 내 앞에 갑자기 넓은 평원이 나타났다.

왠지 인생이 처음부터 다시 시작되는 기분이었다. 눈을 뜨니 난 풀밭 한가운데 누워있었다. 무슨 일이 벌어진 걸까?

나는 살며시 일어났다. 나는 내가 상상했던 내 모습이 보여 깜짝 놀랐다. 나는 내가 죽었다고 생각했는데 그게 아니라서 다행이었다.

그런데 어떻게 내가 내 모습을 보았을까?

순간 난 패닉에 빠졌다. 하지만 곧바로 헤어 나왔다.

나는 다시 내 얼굴을 바라보았다.

현실에서는 결코 인정할 수 없는 일이 일어난 것이다. 당황스러웠던 나는 머리를 흔들었다. 그런데 그 순간 나에게 이상한 가루가 뿌려졌다.

진정제였다.

"휴……"

이제야 알 것 같다. 난 여기가 나만을 위한 곳임을.

"그럼 이제 내 능력을 시험해 볼까!"

난 바로 날고 싶다는 생각했다.

'내가 정말 날 수 있을까?'라는 생각을 함과 동시에 나는 날고 있었다. 난생처음 느껴보는 기분이었다. 이제 이 세상은 내 것이다.

한동안 나는 신나게 나의 세계를 정복했다. 궁전도 만들고 입에서 불도 뿜었다. 흥분하지 않을 수 없었다. 하지만 그때 희미한 목소리가 들려왔다.

"오빠아……"

"오빠아 노올자……"

"오빠아…….'

점점 내 세계는 연해지며

막을 내렸다.

"오빠 놀자니까 안 일어나아"

"음…. 메이벨?"

"응"

난 내가 겪은 일을 설명해주고 싶었지만 그럴 수는 없었다
"나중에"
난 내 세계를 부숴버린 메이벨과 놀아주고 싶지 않았다. 메이벨이 계속 놀아달라고 조른다. 이럴 땐 동생이지만 정말 메이벨이 밉다.

지은이 **정동인**
Jay Jeong

저는 공글 1기 6학년 정동인입니다. 제 꿈은 역사학과 교수입니다. 훌륭한 역사과 교수가 되어 사람들에게 역사의 흥미를 느끼게 하고 싶어요. 저는 공글 수업을 통해 글쓰기뿐만 아니라 다양한 분야의 지식을 얻게 되었습니다. 특히, 수업 시작할 때 선생님께서 알려주시는 미래 용어나 경제 용어는 단어의 뜻을 정확히 알게 되어 책을 읽을 때 많은 도움이 되었습니다. 공글 수업을 하기 전에는 맞춤법도 틀리고 글쓰기도 잘하지 못해 걱정이 되었지만 수업을 하면서 점점 나아져 작가의 꿈도 가져 보게 되었습니다. 언젠가는 제 이름으로 된 책이 나오는 날이 있겠지요. 그날을 기다려 봅니다.

## 금도끼 은도끼

　옛날에 한 나무꾼이 장작을 패고 있었는데 도끼가 우물에 빠졌어요. 전 재산을 주고 산 도끼였는데 나무꾼은 울고 또 울었어요. 이대로 집에 갈 수 없다고 생각한 나무꾼은 다이빙을 해서 우물에 빠진 도끼를 찾아보기로 했어요. 그런데 바로 그때 우물 색깔이 붉게 변하는 거예요!

　몇 분 뒤 산신령의 시신이 우물에 떠 있었어요. 산신령은 나무꾼 도끼의 날 부분에 머리를 맞아 죽은 거였지요. 나무꾼은 자신이 범죄를 저질렀다고 생각하여 산신령을 땅에 파묻었어요. 하지만 나무꾼의 범죄는 여기에서 끝이 아니에요.

　산신령의 금도끼와 은도끼를 빼앗아 그걸 시내에 팔아 부자가 되었어요. 다음날 또 다른 지기가 장작을 패고 있었는데 도끼가 날아갔어요, 그리고 땅에 꽂혔지요. 도끼를 빼보려고 했지만, 도저히 뺄 수가 없었지요. 뭐가 있는지 궁금했던 나무꾼은 땅을 팠어요. 그런데 그곳에는 산신령의 시신있었어요.

　놀란 지기는 누가 산신령을 도끼로 죽였다고 생각해 어제 일을 떠올렸어요. 그러자 어제 일이 생생하게 떠올랐어요. 바로 나무꾼과의 메시지였어요.

나무꾼 : 야 나 오늘 나무 캐러 갈 꺼임 같이 가실?
지기 : 쏘리 오늘은 게임할거임
나무꾼 : ㅇㅋ

그 메시지를 생각한 지기는 바로 경찰에 신고했어요. 그리고 하루 뒤 자신을 잡으러 올 거라는 생각은 꿈에도 못 하고 팝콘을 먹으며 신나게 영화를 보던 나무꾼은 경찰이 온 뒤에 알았어요. 그제야 나무꾼은 자신의 엄청난 파쿠르 실력으로 담을 넘어 서둘러 도망쳤지요. 그 뒤로 도망치고 도망치고, 단 한 사람도 그 나무꾼이 어디를 갔는지 모른다고 해요.

## 토끼와 거북이

옛날에 전라남도 지역에 토끼들과 거북이들이 함께 어울려 살고 있었어요. 하지만 토끼들은 거북이들과 함께 사는 걸 무척 싫어했어요. 왜냐하면 거북이들이 버스 한 계단을 오를 때 10분이나 걸려 회사에 갈 때, 항상 지각해 부장님한테 혼났기 때문이에요. 그래서 토끼들은 거북이들을 몰아내기 위해 거북이와 달리기 시합을 개최해 진 사람은 이 마을에서 떠나기로 했어요.

마침내 시합이 시작되었어요. 토끼네는 가장 빠른 토끼, 우사인 토끼가 나왔어요.

반대로 거북이네는 꼬북칩이 나왔어요.

마침내 경기가 시작되자 모두 힘을 내어 막상막하의 경기가 펼쳐졌지만 아쉽게 꼬북칩이 져 마을에서 쫓겨나게 되어 지금까지도 이 세계 어딘가에서 돌아다니고 있답니다.

지은이 **정서우**
Amy Jeong

공글 3기 6학년 정서우입니다. 저는 그림 그리기를 좋아해서 애니메이터나 일러스트레이터가 되고 싶습니다. 애니메이터는 그림으로 이야기를 전달하는 사람이기 때문에 그림도 중요하지만 스토리가 잘 흘러가야 보는 사람이 이해하기 편합니다. 저는 공글 수업을 하면서 스토리의 구성이 탄탄해져 그림에 스토리를 전달하는 것을 전보다 잘 할 수 있게 되었습니다. 저는 그림을 통해 사람들에게 이야기를 전하는 애니메이터가 되고 싶습니다.

# 여우와 두루미

여우와 사이가 좋은 두루미가 살았습니다.

여우는 소나무 오른쪽에 살았고 두루미는 소나무 왼쪽에 살았습니다.

두루미가 여우네 집에 놀러 왔을 때 방 안에 있던 비밀통로를 발견했습니다. 두루미는 동화에서 본 것처럼 보물이 숨어 있을 거라고 생각하고 그 비밀통로로 들어갔습니다. 긴 통로의 끝에 다다랐을 때 커다란 생선 한 마리가 있었습니다. 생선을 좋아하는 두루미는 생선을 보고 생선 근처로 다가갔습니다. 그러자 천장에서 철창이 내려왔습니다. 철창 안에 갇힌 두루미는 당황했습니다. 두루미가 정신을 차릴 때쯤 옆에 있던 작은 문에서 여우가 나왔습니다. 두루미는 당장 풀어달라며 화를 내었습니다.

여우는 두루미에게 자기 생선을 훔친 것을 돌려달라며 돌려주기 전까진 철창문이 열리는 일은 없을 것이라며 학을 내있습니다. 여우의 말을 들은 두루미는 화들짝 놀라더니 자기가 훔치지 않았다며 거짓말을 했습니다.

여우는 두루미의 훌륭한 연기에 속지 않고 미리 데리고 온 주민들을 불렀습니다. 여우가 데려온 주민들은 모두 두루미에게 도둑질당한 피해자들이었기 때문에 두루미에게 사과 받는 것은 간단했습니다.

두루미는 그날 종일 피해받은 주민들에게 사과하러 다녔습니다.

# 곰과 나그네

 옛날 옛적에 나그네 쌍둥이가 있었습니다. 첫째는 곰을 좋아했지만 둘째는 곰을 싫어했습니다. 어느 날 집에 아기곰이 찾아왔습니다. 곰을 좋아하는 첫째는 곰을 집으로 데리고 갔습니다. 하지만 곰을 좋아하지 않는 둘째는 반기지 않았습니다.

 그 후로 둘째는 곰을 무시하거나 말도 안 되는 핑계로 곰에게 성질내었습니다. 그런데 이상하게 사료는 첫째보다 잘 챙겨 주었습니다. 하지만 첫째는 곰이 잘못해도 화내지 않고 곰이 다치지 않도록 해주었습니다. 그렇게 몇 달이 지났습니다.

 어느 날 첫째가 곰을 불렀습니다. 곰은 첫째의 방에 들어갔습니다. 그때 첫째의 방에서 비명이 들려왔습니다. 둘째는 급하게 밖으로 나가 어딘가에 진화를 걸었습니다. 전화를 끝마침과 동시에 곰의 비명이 한 번 더 났습니다.
 도대체 방 안에서는 무슨 일이 일어난 걸까요?

지은이 **현하린**
Lina Hyun

공을 1기 현하린입니다. 저는 6학년이고 태강삼육초등학교에 다닙니다. 처음엔 책을 많이 읽지 않아 친구들이 긴 책을 추천했을 때 "이거 다 읽을 수 있을까?", "어떻게 읽지?" 등 고민이 있었는데 계속 책을 읽다 보니 아는 것도 많아지고 모르는 단어들의 수가 점점 줄어들었습니다. 친구들이 추천하는 다양한 장르의 책을 읽으면서 내가 좋아하는 장르도 생겼습니다. 공글의 좋은 점은 경제 용어, 미래 용어, 심리학 용어 등 많은 용어를 쉽게 알려주고 읽은 책으로 퀴즈를 푼다는 것입니다. 퀴즈의 정답을 맞히면 간식을 주시는데 간식을 받으면 기분이 아주 좋습니다. 선생님이 착하고 재밌으셔서 시간 가는 줄 모릅니다. 배우면서 실력이 느는 친구들도 많이 보았습니다. 배우다 보면 맞춤법도 늘고 글 실력도 느는 것이 느껴져 기분이 좋습니다. 이렇게 계속 글을 쓰다 보면 작가의 꿈도 이루어지겠죠?

## 여우와 포도

여우는 사흘째 굶어 배가 고팠습니다. 겨울이어서 먹이가 없기 때문입니다.

여우는 지나다 포도밭을 봤고, 자신이 들어갈 만한 구멍을 발견해 구멍으로 들어갔습니다. 여우는 포도를 먹고 뚱뚱해졌고, 구멍으로 들어갈 때 울타리가 부서졌습니다.

여우는 밭 주인한테 미안했지만, 한편으론 기뻤습니다. 매일 포도를 먹을 수 있기 때문입니다.

그래서 여우는 매일매일 포도밭에 가 포도를 따 먹었고, 뚱뚱해진 여우는 세상에서 가장 뚱뚱한 여우로 기네스북에 올랐답니다.

# 도끼

  옛날에 나무꾼이 살았습니다. 나무꾼이 산에서 나무를 베다가 한 나무를 찍었는데 도끼가 뒤에 있는 연못에 빠졌습니다.

  그때 산신령이 나와 말했다.
"어느 도끼가..."
나무꾼이 산신령의 말을 끊고 말했다.
"하나 더 챙겨 오길 잘했다!"
  그렇게 산신령은 나무꾼의 도끼를 돌려주지 못했습니다. 그리고 나무꾼의 친구가 그 도끼를 받았고, 나무꾼 친구는 나무꾼의 도끼인 걸 알고 돌려주었는데, 나무꾼은 나무꾼의 친구가 도끼를 주는 걸로 착각하고 돈을 주었답니다.

지은이 **권대현**
Justin Kwon

공글 작가 5학년 권대현입니다. 금성초등학교에 다닙니다. 오늘은 제 마음처럼 상쾌한 아침입니다. 어제까지만 해도 비가 왔는데 벌써 해가 쨍쨍하게 폈습니다. 공글을 하면서 제 지식이 늘어나는 것이 느껴져서 좋습니다. 하지만 제일 좋은 것은 선생님입니다. 선생님은 누구보다 재미있으시고 수업에 열정적이시며 긍정적이십니다. 친구들을 잘 이끌어 주시고 글을 잘 쓸수있는 방법과 tip을 알려 주십니다. 공글 수업에는 미래 용어와 경제 용어를 배우는 재미있는 시간이 있습니다. 평소에 들어보지 못한 어려운 말이지만 지루하지 않게 선생님의 이야기도 들려주시며 쉽게 가르쳐 주십니다. 저는 예전엔 책을 싫어했는데 공글을 하다 보니 책을 좋아하게 되었습니다. 공글 수업을 갈 때 제일 설렙니다. 지금은 인터넷에 '공글'을 검색하면 항상 '구글'이 나오지만 앞으로는 '구글'을 치면 '공글'이 나올 것이라 생각합니다. 제 글을 읽어주셔서 감사드리며 이 책을 읽는 여러분의 하루가 빛나기를 바랍니다.

# 라일락

 라일락 향기가 가득한 어느 봄날 라일락은 아주 인성이 고약한 엄마에게서 태어났습니다. 반면 라일락은 너무 착했습니다. 하지만 엄마는 라일락이 착한 것을 원치 않았습니다. 엄마는 딸이 자기 성격과 같기를 바랐습니다. 엄마는 그런 딸에게 너무 스트레스를 받아서 짜증병으로 죽었습니다.
 외로워하던 아버지는 재혼을 했습니다. 라일락은 새로운 엄마가 생겼습니다. 그런데 새엄마는 친엄마와 달리 착한 분이었습니다. 라일락은 새엄마가 좋았습니다.

 어느 날 마을에 축제가 열렸습니다. 라일락은 새엄마와 함께 축제에 갔습니다. 그때 왕자가 말을 타고 가다가 신발을 떨어뜨렸습니다. 라일락은 누구의 신발인지 알고 싶어서 신발 주인을 찾는다는 소문을 퍼트렸습니다.
 그날부터 집으로 남자들이 찾아왔습니다. 그리고 맨 마지막으로 왕자가 와서 신발을 신었습니다. 역시 왕자에게 신발이 딱 맞았습니다. 그래서 그 왕자에게 신발을 주고 왕자를 돌려

보냈습니다. 그런데 라일락은 왕자가 말을 타고 달려가는 모습이 너무 멋있어 보여 큰 결정을 내리게 되었습니다.
"그래! 내가 몰래 성에 들어가서 고백해야지!"
하지만 그 생각은 어림도 없었습니다.
6번을 시도했는데, 6번 모두 실패! 라일락은 왕자를 보기 위해 왕자가 사냥을 나가는 시간이 언제인지 알아냈습니다. 그리고는 매일 성문 앞에서 기다렸습니다. 하지만 왕자는 항상 나오는 것이 아니었습니다. 라일락은 너무나 슬프고 괴로웠습니다. 그래서 라일락은 새로운 방법을 생각했습니다. 그것은 새로운 신발의 주인을 찾는 것이었습니다. 사실 그 신발은 라일락의 것이어서 누구에게도 맞지 않는 것이었습니다.

마지막 날 왕자가 찾아왔습니다. 그런데 왕자의 얼굴이 축 늘어져 있었습니다. 왕자는 병에 걸린 것이었습니다. 왕의 어머니께서 병을 고치는 사람한테 상금을 주겠다고 하였습니다. 하지만 라일락은 바로 가지 않았습니다. 아니 가지 못했습니다. 왜냐하면 왕자에게 줄 약초를 구하러 떠났기 때문입니다. 그 약초는 산을 넘고 강을 건너서 사막을 지나야만 구할 수 있었습니다.

드디어 약초를 구한 라일락은 바로 성으로 뛰어갔습니다. 하지만 성문은 닫혀 있었습니다. 라일락은 눈물을 흘렸습니다. 지금까지 해왔던 자기의 노력이 헛수고가 되었기 때문입니다. 그때 성문이 열리면서 왕자가 나왔습니다.

"왜 그리 슬피 우느냐?"

"전 그저 왕자님이 너무 보고 싶었어요. 그래서 전 항상 매일 같이 성 앞을 쭉 기다려 왔죠. 그리고 왕자님께 드릴 약초를 구해왔습니다."

하지만 왕자는 이렇게 말했습니다.

"지금 무슨 소리를 하는 건가? 난 이미 결혼해서 애를 세 명이나 낳았는데? 네가 정신이 나갔구나. 이 여자를 지하 감옥에 처넣어라!"

"네??! 뭐라고요? 왕자님?! 왕자님!!!"

그렇게 라일락은 지하감옥에 갇히게 되었습니다.

"흑흑 이렇게 억울하게 감옥에 갇혀 죽는구나! ㅠㅠ"


"이, 여기가 어디지?" 리일락은 눈물 자국이 남아있는 눈을 비비며 말했습니다. 라일락은 꿈을 꾼 것입니다. 그 꿈은 라일락이 꾼 꿈에서 제일 최악의 꿈이었습니다. 라일락이 눈을 뜬

곳은 병원이었습니다. 라일락은 왕자를 기다리다 기절을 한 것이었습니다. 라일락은 또 한 번 울었습니다.

"아직도 왕자가 잊히지 않아… 난 정말 왕자를 만날 수 없나? 흑흑흑 아니야. 그래도 노력이라도 한번 해봐야지! 그래도 못 만나면 어쩔 수 없지만… 만나면 얼마나 좋을까? 그래 마지막으로 한 번 더 도전해 봐야지!"

그날부터 라일락은 친구와 전단지를 만들기 시작했습니다. 왕자님을 죽기 전에 꼭 한번 만나고 싶다는 내용이었습니다. 1개월… 2개월… 3개월이 지나고 드디어 왕자를 만날 수 있었습니다.

"그래, 네가 라일락이로구나. 나를 왜 이렇게까지 보고 싶어 하는 거지?"

라일락이 말했습니다.

"저는 왕자님이 너무 좋습니다. 왕자님을 좋아하는 데는 이유가 없습니다."

왕자는 자신을 좋아한다고 말하는 용기 있는 라일락의 모습이 싫지 않았습니다. 다시 오겠다는 말을 하고 궁전으로 돌아갔습니다. 왕자는 라일락이 마음에 들었습니다. 자신을 위해 전부를 줄 것처럼 헌신적인 라일락과 함께라면 행복할 것 같았습니다. 다음날 왕자는 라일락을 찾아갔습니다. 왕자에게 잘 보이고 싶어 예쁘게 단장한 라일락의 모습을 본 왕자는 한눈에 반해 버리고 말았습니다.

  왕자는 라일락이 구해온 약초를 먹고 건강해졌습니다. 왕자의 어머니는 두 사람의 결혼을 승낙했습니다. 그다음 해, 드디어 왕자와 라일락은 결혼했고, 아이 세 명을 낳고 행복하게 살았습니다.

## 5일이 만든 기적

어떤 학교에 김정훈이라는 남자아이가 있었다.
  그의 아버지는 어렸을 때 김정훈을 살리려고 과속하는 자동차에 치여 돌아가셨다. 그렇게 김정훈은 아버지가 없는 가정에서 가난하게 살면서 항상 일진들에 놀림을 받고 괴롭힘을 당했다.

그때 당시 김정훈은 고등학교 1학년… 자기 고민을 엄마에게 말할 수 있는 나이였다. 하지만 김정훈은 말하지 않았다. 일진들이 엄마에게 말하면 "너네 엄마가 다니는 회사를 찾아가서 망신을 줄 거다."라고 하였기 때문이다.

그래서 그는 항상 우울하고 근심이 많았다. 공부는 잘했지만, 흙수저라며 항상 놀림 받았기 때문이다. 그는 매일 일진들의 빵 셔틀을 했다. 일진들은 그에게 옷도 뺏고 돈도 뺏었다.

그는 혼자서 매일 울면서 이런 생각을 했다.

'그냥… 죽을까… 어차피 이렇게 살면 항상 힘들 텐데. 나는 나쁜 짓 안 했으니까 천국에 갈 수 있을 거고 천국에서는 마음 편히 살 수 있을 거야. 하지만 나에게는 하나밖에 없는 동생 지웅이와 엄마가 있는데… 그래도 죽으면 아버지를 볼 수 있지 않을까. 아… 그렇지만 이렇게 허무하게 죽을순 없어. 엄마 혼자 나를 키워주셨는데 보답해야지. 내가 아무리 힘들어도 엄마를 실망 시켜드리고 싶진 않아. 그래, 열심히 노력해서 그들을 짓밟아 올라가겠어!'

그때부터 정훈이는 더욱 열심히 공부했다. 코피가 쏟아지도

록 새벽까지 공부만 했다.

'좋았어 이렇게만 하면 성공할 수 있을 꺼야! 어… 근데 이상하다? 요즘 일진들이 안 보이네? 학교를 그만뒀나?'

드디어 편한 마음으로 집을 걸어가며 현관 비밀번호를 눌렀다. "삑삑삑삑 지잉" 그런데 집이 난장판이었다.

무서운 마음으로 그는 계속 불러댔다.

"지웅아! 엄마!"

그때, 지웅이가 탁자 밑에서 기어 나왔다. 지웅이는 울고 있었다.

"지웅아 무슨 일이야!!" 그러자 지웅이가 떨며 말했다.

"어…떠…ㄴ 사라…ㅁ 들이…"

"지웅아, 제대로 말해봐!! 어떻게 된 거야!"

그러자 지웅이가 똑바로 형의 눈을 보고 말했다.

"어떤 사람들이 엄마를 납치해갔어."

잠시 정적이 흘렀다. 정훈은 다리에 힘이 풀려서 쓰러졌다. 왼쪽 주머니가 울렸다. '위이이잉 잉.' 그는 바로 휴대폰을 집어 들었다.

"야, 네 집에 좋은 게 하나도 없더라. 그래서 돈을 좀 받아 가야겠어. 너희 엄마는 내가 데려왔다. 이미 알고 있겠지만. 금요일 자정까지 3천만 원을 한강에 있는 ** 편의점 뒤 벤치에 놓아라. 너에게는 돈이 없을 테니 시간은 넉넉하게 5일을 주겠다. 그럼 다시 전화하겠다."

김정훈의 속은 부글부글 끓어 올랐다. 그래서 그는 결심을 했다. 5일 동안 운동을 열심히 해서 그놈들을 박살 내주기로. 헬스장 선생님은 그 사연을 듣고 5일 동안 무료로 운동을 가르쳐주셨다. 엄마를 데리고 와야 한다는 생각에 그는 5일을 50일처럼 보내며 열심히 운동했다. 이제 그는 예전의 약한 김정훈이 아니었다. 모두 그를 부러워했다. 운동에 공부까지 잘해서 그는 완벽함 그 자체였다.

금요일 밤 12시. 그는 만반의 준비를 하고 나갔다. 일진들이 기다리고 있었다

"울 정훈이 오랜만이다? 그치? 얼굴이 그게 뭐냐?"

일진들이 말했다.

"엄마는?" 정훈이가 말했다.

"아. 네 엄마?" 일진들이 엄마를 데려왔다.

정훈이의 하나밖에 없는 엄마의 얼굴에 상처가 있었다.

정훈은 점점 혈압이 오르기 시작했다.

'저…저 자식들이 감히 우리 엄마를…?'

정훈이는 점점 더 화가 났다.

"야. 너 뭐하냐 돈, 빨리 가져와."

일진들이 이렇게 말하면서 주먹을 날렸다. 정훈이는 날아오는 주먹을 막고 손을 꺾었다.

"어? 어? 이놈 봐라"

일진들이 말했다. 김정훈은 더욱더 거세게 일진들을 향해 달려들었다.

"케켁, 콜록콜록! 이 녀석 며칠 만에 힘이 엄청나게 세졌는데?"

김정훈은 일진들이 주먹을 날릴 때마다 맞아 주는 척 피하면서 "넌 이제 나한테 안 돼!" 하고 계속 주먹을 날렸다. 일진들이 하나둘 쓰러져 갔다.

"이게 끝인가?" 김정훈이 숨을 크게 쉬며 말했다.

"김정훈, 아직이야"

그때, 사람도 죽여 보았다는 소문이 도는 장식준이 일진들 사이에서 일어섰다.

일진 중에 제일 대장인 놈이다. 식준이 칼을 들며 말했다.

"야, 밤이니깐 조용히 가자."

"네가 뭔데 나한테 명령이냐?"

"조용히 하고 어서 덤비기나 해!"

식준이 씩 웃으면서 말했다

"하하 그 모습 아주 맘에 들어."

정훈의 말이 끝나자마자 식준이가 엄청 빠른 속도로 주먹을 날렸다.

"슈욱!"

'이 녀석 역시 다른 놈들하곤 비교가 안 되네! 역시 대장은 다르네.' 그렇게 밤새 싸움은 계속되고… 마침내 둘 다 체력이 방전 되었다. 그때 정훈의 귓가에 어떤 소리가 들려왔다.

"아들아 네가 아무리 힘든 처지가 오더라도 어떻게든 이겨내라. 그래야 네가 더 강해진다."

아버지가 남기신 말이었다. 그 소리가 머리에 맴돌자 정훈은 다시 힘이 났다.

정훈은 식준에게

"다른 사람들이 약하다고 무시하면 큰코다친다." 라고 말하고 마지막 한 방을 날렸다. 드디어 식준이는 정신을 잃고 쓰러졌다. 정훈이는 지쳐 쓰러진 엄마를 일으켜 함께 병원으로 가서 치료받았다. 엄마가 거의 회복될 무렵, 일진들이 병원을 찾아왔다. 그런데 일진들 옆에는 경찰이 있었다. 그 일진 중 식준이의 아빠가 경찰이었던 것이다.

"네가 정훈이냐?" 경찰이 말했다.

"네. 맞는데요?" 정훈이가 말했다.

"나는 식준이 아빠다. 내 아들놈 때문에 사과하러 왔다. 정말 미안하다."

"아버님, 전 아버님 사과 말고 저 녀석들 사과가 듣고 싶습니다." 정훈이가 말했다.

"미안해… 다시는 그런 짓 안 할게." 일진들이 말했다.

"아버님 경찰이라고 하셨죠? 제가 저 녀석들 때문에 얼마나 힘든 학교생활을 했는지 아십니까? 고소장 보냈으니 곧 연락이 갈 겁니다. 저 녀석들 감방 생활을 해야 정신을 차릴 것입니다. 재판장에서 만나요."

"아… 정말 미안하다. 제발 내 아들만은…"

"어떻게 아들 하나 살리겠다고 양심을 팔아먹으려 하십니까! 그만 가세요!"

그 후 일진들은 징역 5년을 선고받고 아버지는 경찰을 그만두었다. 김정훈은 공부도, 운동도 열심히 해서 당당히 서울대에 입학했고, 힘없는 사람들을 위해 일하는 최고 인기 변호사가 되었다.

지은이 **권도영**
Roy Kwon

안녕하세요? 저는 화랑초에 재학 중인 5학년 권도영입니다. 저는 글 쓰는 것을 별로 좋아하지 않아 힘들었지만 점점 수월해졌습니다. 처음 글쓰기 할 때 길면 두 줄이었는데 요즘은 글이 길어졌습니다. 이젠 만화책 보다 소설책이 가장 좋습니다. 제가 좋아하는 소설 분야는 역사입니다. 왜냐면 저는 우리 조상의 지혜와 비극을 알 수 있고 지금 사회의 문제는 역사 속에서도 찾을 수 있기 때문에 좋아합니다. 제 꿈은 육군참모총장입니다. 책을 많이 읽어서 군사들을 좀 더 체계적으로 지휘하고 싶습니다.

제가 가장 좋아하는 책에 관한 명언은 퇴계 이황의 "책을 읽음에 있어 어찌 장소를 가릴 것이냐?" 입니다. 왜냐하면 저는 항상 편하게 책을 읽기 때문입니다.

## 신기한 램프

어느 날 한 탐험가가 사우디아라비아에 갔다가 우연히 램프를 발견했어요. 혹시 모르니 그 근처를 금속 탐지기로 수색 해 봤는데, 금으로 만든 물건이 엄청 나왔지요.

그는 다음날 전문기관에 가서 의뢰했어요. 사실 그건 귀족들이 살던 곳이었고, 전문가는 이건 고대 유물일 확률이 97%라고 했어요. 만약 연구 가치가 2%라도 있으면 포상금 3,000억 정도 나오지만, 약간 미스터리가 있다고 했어요.

원래는 모래에서 나왔으니 미세한 상처가 있어야 하는데, 상처 자국이 없고 금이 아닌 티타늄 성분이라고 했어요. 티타늄은 그 시대에는 존재하지 않았는데 말입니다. 탐험가는 찝찝한 마음으로 숙소로 갔어요.

그런데 갑자기 램프가 길어오더니 이렇게 말했어요.
"나는 지니의 램프야"
탐험가는 "와 샌즈"를 말하더니 지니를 소환했어요. 지니는 탐험가가 두 번째 주인이니 소원은 세 개밖에 못 들어준다고 했어요.

   탐험가는 500층 빌딩을 갖게 해주고, 자신을 불사신으로 만들어달라고 했어요. 왜냐면 탐험하다 죽을 뻔한 적이 한두 번이 아니기 때문이었죠. 그리고 마지막 소원은 IQ가 450이 되게 해달라고 했어요. 그러나 지니는 소원은 2일 뒤 실행된다고 했어요.

   하지만 다음날 탐험가는 안 좋은 소식을 들었어요. 바로 탐험가가 찾은 유물은 연구 가치가 1.999%로 0.001% 차이로 삼천억을 놓치게 되었다는 소식이었어요. 하지만 다행히 소원은 이루었답니다.

## 현실판 루팡

　루팡은 라면을 끓이고 있었는데 갑자기 경찰이 들이닥쳤어요. 루팡이 다이아몬드 반지 36개, 금 5kg, 사파이어 4kg, 루비 2kg을 훔치고 절도, 과속운전, 뺑소니, 로드킬, 동물 학대, 사기, 도박, 층간소음, 총기 사용으로 총 9개의 죄를 지었다고 했어요. 루팡은 1심부터 3심까지 모두 유죄여서 대법원에서는 무기징역을 선고했어요. 루팡은 교도소에 가게 되었어요. 마침 루팡이 교도소에 들어갔을 때는 점심시간이었어요.
　배식에 국밥 딱 하나밖에 없었는데, 그때 루팡은 깨달음을 얻었어요. 바로 '착하게 살아야 한다'는 깨달음이었지요.

　깨달음을 얻은 루팡은 수사에 협조했고, 교도소 생활을 성실하게 했어요. 어느 날 교도관이 루팡을 부르더니 이제 가도 된다고 했어요. 그 뒤로 루팡은 작은 것부터 봉사를 시작해서 모범적인 시민이 되었어요.

지은이 **김나현**
Lily Kim

저는 공글2기 작가 샛별초에 다니는 김나현입니다. 저는 그림을 그리는 것을 좋아하기 때문에 저의 꿈은 만화가가 되는 것입니다. 제가 만화가가 된다면 제가 직접 글과 그림을 쓰고, 그릴 것입니다. 처음에는 글 쓰는 것이 많이 힘들었지만 계속 적응하다 보니 글 쓰는 것이 재미있고, 실력도 많이 늘었습니다. 그리고 처음에는 두꺼운 책을 읽기 어려웠지만, 공글 덕분에 두꺼운 책을 점점 읽기 시작했습니다. 선생님, 항상 글 쓰는 것과 두꺼운 책을 읽게 도와주셔서 감사합니다. 이 책을 여러 사람이 읽었으면 합니다.

# 멸치의 후회

옛날 옛적에 1,200살 먹은 멸치 대왕이 살고 있었어. 멸치 대왕은 가자미를 싫어했어. 그래서 가자미에게만 매일 못되게 굴었지. 어느 날 멸치 대왕은 자신의 꿈을 해석해 줄 물고기를 데려오라고 했어. 그래서 가자미는 이 기회에 멸치 대왕을 혼내주기로 했어. 우선 가자미는 고래 옷을 만들었어. 목소리 톤을 위해 지상으로 가 달걀 열 개를 먹었지. 그리고 지상에서 토끼라는 생명체와 친구가 되었어. 그래서 토끼에게 부탁했지

"곧 동쪽으로 못생긴 멸치 한 마리가 올 거야. 그때 멸치를 잡아서 구워 먹어줄 수 있니?"

토끼가 말했어 "응 나야 고맙지 이따 보자"

그러곤 바다로 갔어. 드디어 가자미는 고래 옷을 입고 멸치 대왕에게 갔어. 그리곤 이렇게 말했지.

"대왕님의 꿈을 해석하러 온 고래라고 하옵니다."

멸치 대왕은 무지무지 고래를 무시워했어. 왜냐면 고래는 멸치의 천적이거든. 그걸 알고 있던 가자미는 멸치를 동쪽으로 몰아 결국 멸치 대왕은 토끼에게 잡아 먹히고 말았어.

## 착해진 늑대

 옛날 옛적에 아기 염소들이 행복하게 살고 있었어. 어느 날 엄마는 장을 보러 간다면서 이렇게 말했어.
 "누가 문을 열어 달라고 해도 절대 열어주면 안 돼."
 아기 염소들은 절대로 문을 안 열어 주기로 결심했지.
 "얘들아, 엄마 왔어 문 좀 열어줘"
 아기 염소들은 엄마 염소니까 당연히 문을 열었지. 문을 열어 보니 뾰족한 이를 번뜩이며 늑대 한 마리가 서 있었어. 아기 염소들은 너무 무서워서 꼼짝도 하지 못했지. 하지만 늑대는 아기 염소들을 쳐다보더니 그냥 나가버렸어. 어떻게 된 일일까?

 사실 늑대는 너무 배가 고파서 염소를 잡아먹으려고 했었어. 하지만 늑대는 아기염소들을 보자마자 너무너무 귀여워서 차마 잡아먹을 수 없었어. 그래서 늑대는 어쩔 수 없이 옆집으로 갔지. 그런데 거기엔 더 귀여운 아기 돼지들이 있는 거야.
 결국 늑대는 지독한 배고픔에 그 자리에서 쓰러지고 말았지. 얼마나 지났을까? 늑대가 눈을 떠 보니 귀여운 아기 염소들과 아기 돼지들이 걱정 가득한 얼굴로 늑대를 쳐다보고 있는 거야.

그때 늑대는 결심했지. 이제 더 이상 살아있는 것들을 잡아먹지 않겠다고 말이야. 그래서 늑대는 채식주의자가 되어버렸지. 그 뒤로 늑대의 번뜩이는 무시무시한 이빨은 볼 수 없게 되었고 늑대는 마을의 미소 천사가 되었지.

## 토끼와 거북이… and 타조

어느 날 토끼와 거북이는 산책을 하던 중 늘씬한 다리를 가진 그녀… 바로 타조에게 한눈에 동시에 반해버렸어.

그런데 토끼와 거북이는 서로서로 양보했어. 왜냐하면 토끼와 거북이는 아주 친한 친구였기 때문이야. 지금까지도 토끼와 거북이는 서로 양보하고 있다고 해.

한편 타조는 멋진 타조를 만나 알콩달콩 살고 있다고….

지은이 **김단우**
Benjamin Kim

안녕하세요? 공글 3기 작가 5학년 김단우입니다. 저는 태강삼육초등학교에 재학 중인 평범한 학생입니다. 공글에 들어가기 전에는 '맞춤법이 틀리면 어쩌지?'라는 생각에 글쓰기가 무서웠는데 공글에 들어간 후, 영어와 우리나라 말로 수업을 듣고 글을 쓰다 보니 점점 글쓰기 실력이 향상되었습니다. 또한 점점 책에 대해 흥미를 느끼게 되었습니다. 저는 책이 우리의 마음을 깨끗하게 바꾸어 준다고 생각합니다. 앞으로 저는 열심히 책을 읽고 글을 써 저만의 책을 내보고 싶습니다.

# 양치기 소년 1

　머나먼 옛날, 양치기 소년 도정국과 소치기 소년 김지민이 있었어요. 도정국은 김지민을 매우 싫어했어요. 왜냐하면 너무 잘생기고 멋져서 부러웠던 거죠.
　어느 날, 김지민이 소 사료를 사러 사료점에 갔는데 돼지 사료를 사려는 도정국을 만났어요. 도정국은 김지민이 계산하고 있을 때, 김지민의 가장 소중한 말 차쿡을 몰래 훔쳐 갔어요.
　도둑 맞았다는 사실을 안 김지민은 도정국의 여친 최예나에게 이 사실을 알렸어요. 최예나는 화가 나서 김지민에게 주려고 도정국이 훔쳐 온 차쿡을 데려왔는데, 그 장면을 본 김지민은 최예나가 한쿡을 훔쳤다고 오해했어요. 김지민은 최예나를 신고했어요.
　부당하다고 생각한 최예나는 재판을 요청했어요. 최예나의 아빠는 판사였거든요. 최예나 아빠는 당연히 최예나에게 무죄를 판결하고, 오히려 김지민에게 이이없는 사건으로 재판받았다는 이유로 벌금 1,000만 원 과태료 부과, 징역 1주일을 선고했어요.

억울한 김지민은 다시 대법원에 항소했어요. 사실 김지민의 아빠는 대법원 최고 판사였거든요. 김지민의 아빠가 최예나에게 징역 10년을 내리려는 순간, 재판실 문이 열리더니 대통령이 들어왔어요. 도정국의 삼촌이 대통령이었다는 사실은 아무도 몰랐던 거죠.

# 양치기 소년 2

옛날 어느 마을의 양치기 소년 김단우가 있었어요. 김단우는 성격이 매우 고약해서 다른 사람들을 골탕 먹이는 걸 좋아했죠.

어느 날, 김단우는 동생 김동우 집을 찾아갔어요. (동생의 직업도 양치기) 김단우는 김동우를 골탕 먹일 방법을 생각했어요.

그렇게 생각한 방법이 동생 교과서에 낙서하기였어요. 김단우는 펜을 가져와 '김동우 바보'라고 썼어요.

다음날, 김동우는 선생님께 벌을 받았어요. 평소에 김단우가 김동우를 많이 괴롭혀서 김동우는 김단우의 짓이라는 걸 알았어요. 김동우는 복수하고 싶은 마음에 김단우의 양들을 팔아버렸고, 자신의 양이 없어진 걸 알게 된 김단우는 깜짝 놀랐어요.

김단우는 범인을 찾기 위해 발자국 수사를 한 결과 김동우의 짓이라고 확신했어요. 김단우는 김동우에게 양이 어디 있냐고 물었고, 김동우는 내가 어떻게 아느냐고 거짓말했어요.

그런데 김단우에게는 발자국 조사 결과부터 지문 조사 결과, 그리고 블랙박스도 있었어요. 김단우가 증거를 대자 김동우는 사과하기는커녕 오히려 화를 냈어요.

"형이 먼저 문제집에 낙서했잖아!!"

김단우는 말이 없었어요.

다음날, 김단우는 김동생 놀리기라고 불리는 동생 놀리기 1인자를 찾아가 물었습니다. "어떻게 하면 엄빠한테 안 혼나면서 동생을 잘 놀릴 수 있을까요?" 김단우가 말했어요. 김동생 놀리기는 동생이 싫어하는 것을 반복적으로 하고 가급석이면 엄빠가 없는 곳과 밖에서 놀리라고 조언(?)해주었습니다. 사실 김동생놀리기는 분장한 김동우였답니다.

지은이 **김민서**
Anna Kim

안녕하세요. 공글 3기 5학년 김민서입니다. 공글을 시작한 지 어느덧 일 년 정도 되어갑니다. 공글 수업을 하면서 글을 쓰는 양과 디테일이 늘어나 글쓰기 실력이 나아졌습니다. 공글 수업은 영어와 국어 글쓰기를 함께하기 때문에 영어 실력도 더 향상되었습니다. 공글을 하면서 좋은 책들을 더 자주 읽게 되고 수업 시간을 통해 경제 용어들도 많이 알게 되었습니다. 제가 좋아하는 것은 책읽기입니다. 제 꿈은 선생님인데 제가 선생님이 된다면 아이들에게 좋은 책을 많이 읽어주고 싶습니다. 책은 아이들에게 지혜와 지식을 주고 긍정적 영향을 주기 때문입니다.

# 흥부와 놀부

　흥부와 놀부라는 조선시대 사람들이 타임머신을 타고 2022년으로 오게 됐습니다. 흥부와 놀부는 각각 일자리를 찾기로 했습니다. 흥부는 이리저리 헤맸고, 놀부는 편의점 알바를 구했습니다. 흥부는 일자리를 구하지 못했습니다. 편의점 사장은 놀부가 일을 잘한다고 칭찬했고, 다른 마트 일자리도 소개해 주었습니다. 하지만 흥부는 지하철역에서 구걸을 했습니다. 놀부는 마트에서도 일을 잘해서 정직원이 되었습니다.

　한달 쯤 지나자 흥부는 놀부에게 찾아와 돈을 달라고 했습니다. 놀부는 자신의 월급 반을 줬습니다.

　3년쯤 지나다 보니 놀부는 돈을 많이 모았고, 조선시대의 물건을 직접 만들어 팔았습니다. 물건들은 옛날 물건들과 똑같이 생겨서 인기가 많아졌고, 놀부는 금세 부자가 되었습니다.

　한편 흥부는 놀부에게 받은 돈으로 생활하다 6개월 뒤 드디어 편의점 알바를 시작했습니다. 어느 날 꿈속에서 신이 나타나 너희가 원하면 타임머신을 보내줄 수 있다고 하였습니다.

놀부는 한 달 뒤에 타임머신을 보내달라고 부탁을 했고, 흥부는 지금 당장 타임머신을 보내 달라고 했습니다. 하지만 흥부는 작동 방법을 몰라 타임머신을 고장 냈고, 신은 흥부에게 더 이상 타임머신을 보내 주지 않았습니다.

한 달 뒤 놀부는 2022년의 문화, 장치들을 만드는 방법들을 공부해서 타임머신을 작동하고 옛날로 돌아가 보니 시간이 멈춰있다가 다시 흐르기 시작했습니다. 놀부는 배운 것들로 장사를 시작했고, 결국 조선시대에서도 부자가 되었습니다.

## 엄지 공주

어느 날 엄지만한 여자아이가 태어났습니다. 사람들은 그 아이를 행운아라고 생각하고 아이에게 '에스더'라는 이름을 지어주었습니다. 일주일 뒤 과학자가 엄지만한 남자아이를 태어나게 했습니다. 그리고 그 아이는 도움을 준다는 뜻으로 '아렉시스'라고 이름 지었습니다. 사람들은 둘이 결혼하면 어떻게 될지 궁금해했습니다.

두 아이는 원치 않았지만, 결혼을 하고 아이를 낳았습니다. 아이는 정말 새끼손가락만 했습니다. 아이의 이름은 '순결한 탄생'이란 뜻으로 '앨리'라고 지었습니다. 언제부턴가 그 가족에게는 팬들도 생겼습니다. 그래서 나쁜 사람들이 그들을 데려가려고 시도했지만, 팬들이 번갈아 가면서 지켰기 때문에 그들은 안전하게 생활할 수 있었습니다.

어느 날 한 소녀가 마법을 써서 그들을 데리고 갔습니다. 하지만 소녀는 착한 아이였습니다. 마을은 발칵 뒤집혔습니다. 사람들은 에스더와 아렉시스, 그들의 아이 앨리까지 사라졌다는 걸 알고 어떻게든 데리고 간 소녀를 찾기 시작했습니다.

아이를 데려간 소녀의 이름은 아모스였습니다. 하지만 사람들이 아모스를 불쌍히 여겼습니다. 아모스는 에스더, 아렉시스, 앨리에게 아무런 해도 끼치지 않았고, 자신의 부모님께 학대당했기 때문입니다.

엄지공주 가족도 아모스를 좋아했기 때문에 같이 살게 되었습니다. 아모스의 부모님은 아동학대로 감옥에 갔고 에스더, 아렉시스, 앨리 모두 행복하게 살았답니다.

## 나이팅게일

옛날에 노래를 아주 잘하는 새들이 있었습니다. 그런데 그들은 매우 희귀해서 100년에 한 번 나올까 말까 하는 새였습니다. 그들은 화가 날 땐 매우 사납고, 사람을 최면에 걸리게 할 수 있었습니다.

어느 날 매우 착한 한 아이가 그 나이팅게일을 보게 됐습니다. 그 나이팅게일은 여왕 나이팅게일이었습니다. 나이팅게일은 그 아이를 좋아해서 매일 같이 붙어 다녔습니다. 왕은 그 아이를 질투했습니다. 왕은 새를 무척 좋아해서 모든 새를 데리고 있었지만, 나이팅게일만 없었기 때문입니다.

왕은 아이를 불러서 나이팅게일을 달라고 했지만, 아이는 나이팅게일을 줄 수 없다고 말했습니다. 화가 난 왕은 나이팅게일을 잡아, 가두고 궁전으로 데리고 갔습니다. 나이팅게일은 매우 화가 나서 왕을 쪼고 궁전을 날아다니면서 물건을 망가트렸습니다. 신하들은 나이팅게일을 잡으러 돌아다녔지만 작아서 잡지 못했습니다. 궁전은 순식간에 엉망진창이 되었고, 나이팅게일은 성에 있는 모든 사람과 왕까지 포함해서 자신을 잡으려고 했던 사람들에게 최면을 걸었습니다.

그리고 다른 나이팅게일들을 데리고 자신을 왕에게 넘기지 않은 아이를 위해 새 땅을 사고 새 궁전을 지어 아이를 왕으로 앉혔습니다.

나이팅게일을 억지로 잡아갔던 왕은 평생 나이팅게일의 명령을 받고 살아야 했습니다. 이제 새 왕국은 숨어 살고 있던 나이팅게일들이 모두 오면서 매일매일 아름다운 노랫소리가 퍼지는 궁전이 되었습니다.

# 금도끼 은도끼

　옛날 옛적 마음씨 착한 부자가 살았습니다. 부자에게는 흥부라는 하인이 있었는데. 어느 날 부자는 흥부에게 금덩이를 주었습니다. 왜냐하면 부자는 곧 다른 지방으로 가서 처리해야 할 일이 있었기 때문입니다. 그리고 하인 중에서 맡길 사람은 흥부밖에 없었기 때문입니다. 그러던 어느 날 흥부는 부자가 없기 때문에 일주일 정도 쉬어야 했습니다.

　첫째 날에는 종일 쉬었습니다. 두 번째 날에는 심심해서 친구의 집에 놀러 갔습니다. 셋째 날에는 너무 논 것 같아 산에 금덩이를 가지고 나무를 캐러 다녀왔습니다. 하지만 나무가 너무 무거워서 금덩이를 놓고 온 것을 까먹고 잠이 들었습니다. 넷째 날에는 오랜만에 운동을 해서 다리가 너무 아파 움직일 수 없었습니다. 다섯째 날에는 금덩이를 놓고 온 것이 생각나 당장 산으로 올라갔지만, 거기에는 연못이 하나 생겼을 뿐 아무것도 없었습니다. 그리고 집으로 왔습니다. 그런데 그날 꿈에서 빛이 나와 다시 산으로 가보라고 했습니다. 여섯째 날 다시 산으로 올라가 봤지만, 나무밖에 없었습니다. 흥부는 연못이 있었던 자리를 하루 종일 팠습니다. 그랬더니 그곳에서 금덩이가 나왔습니다.

그다음 날 다시 부자의 집으로 갔는데 알고 보니 부자는 다른 지방을 가지 않았고, 몰래 연못을 만들다가 돌아온 것이었습니다. 부자의 꿈에 산신령이 나타나 아무도 모르게 연못을 만들고 다시 없애라고 하였습니다. 산신령은 그렇게 하면 부자의 재산을 관리해 줄 믿을만한 사람이 누구인지 알게 될 것이라고 말해주었습니다.

흥부는 부자에게 금덩이를 돌려주었습니다. 부자는 금덩이를 가지고 도망가지 않고 끝까지 금덩이를 지켜준 흥부에게 다시 금덩이를 주었습니다. 그 금덩이는 부자의 재산을 관리해 줄 흥부에게 주는 선물이었습니다.

부자는 만약 흥부가 사실대로 말하지 않았다면 주지 않을 계획도 있었다고 했습니다. 그래서 흥부는 마을에서 두 번째로 제일가는 부자가 되었답니다.

지은이 **김채은**
Christina Kim

공글 1기 상명 초등학교 5학년 김채은입니다. 제가 공글 수업을 하며 달라진 것은 글을 읽고 쓰는 것이 좋아졌다는 것입니다. 공글 수업을 하기 전에는 글쓰기를 좋아하지 않았지만 저의 꿈인 간담췌외과 의사가 되려면 어휘력이 필요하다 생각해서 공글 수업에 참여하게 되었습니다. 경제 용어와 미래 용어, 심리학 용어 등을 배우면서 많은 단어들을 알게 되었고 글을 꼼꼼하게 쓰게 되었습니다. 저는 책을 좋아하고 분야는 소설을 좋아합니다. 저의 취미는 색연필을 모으기입니다. 그림을 잘 그리지는 못하지만 색연필을 모으다 보면 마음이 편해집니다. 그렇게 모은 것만 20종 정도 됩니다. 간담췌외과 교수 겸 의사가 되어 사람들에게 새 희망을 주고, 사람들의 웃음을 보며 일하고 싶습니다.

## 토끼와 거북이

옛날 옛적에 토끼와 거북이가 살았어요. 토끼는 세상에 다섯 마리뿐인 희귀종이었고 정말 움직이는 걸 싫어해서 거북이처럼 느렸어요. 거북이도 희귀종이었는데 움직이는 것을 귀찮아하고 많이 먹고 거북이 중에서도 가장 느린 종이었지요. 둘은 경쟁 관계였어요. 눈만 마주쳐도 투덕투덕 싸우면서 매번 자기가 더 빠르다고 했어요. 그래서 어느 날은 성패를 가르기 위해서 달리기 시합을 하기로 했어요. 그런데 시합을 하기로 한 날 비가 와서 시합을 내일로 미루었어요. 다음 날 아침 둘은 눈에서 레이저가 나올 듯 서로를 째려보았지요.

준비 땅!

거북이와 토끼는 천천히 뛰었어요. 토끼가 안간힘을 줄 땐 토끼가 더 빠르고, 거북이가 안간힘을 줄 땐 거북이가 더 빨랐지요. 둘은 힘들어서 나무 그늘에서 잠깐 쉬고 다시 출발했어요. 결승지점이 보이는 네 토끼가 이길락 말락, 거북이가 이길락 말락 하다가 둘은 무승부로 경기가 끝났고, 다시는 안 싸우고 하하 호호 더 좋은 친구가 되었답니다.

## 욕심 많은 고영희

　욕심 많은 고양이인 고영희가 있었어요. 고영희는 먹는 것을 좋아했어요. 그래서 별명이 뚱냥희였지요. 고영희는 어느 날 잠에서 깼어요. 비몽사몽 눈을 비비며 일어났는데, 배가 고파서 배에서 천둥소리가 들렸어요. 그래서 매일 했던 것처럼 다른 고양이의 집에 가서 츄르와 밥을 훔쳐 오는 것이었지요. 그렇게 밥을 훔쳐 오는 것은 고영희의 특기였지요. 그런데 다른 고양이들의 집사들이 밥을 주는 시간을 다 적어놓아서 매일 다른 곳에 가기도 했어요.

　"흠~ 여기는 고소한 곡식 맛이 나지만 살짝 달아, 근데 또 여긴 너무 비려! 어디로 가야 하지?"

　그렇게 한 시간을 고민하던 고영희는 친구 치느님에게 가기로 했어요. 그렇게 치느님 집에서 아침밥을 먹고 나온 후, 조금의 츄르를 남겨 집으로 돌아가던 중에 강을 건너야 했어요. 조심조심 걷다 욕심 많은 개가 생각이 나서 더 조심 걸었지요. 기분

이 좋게 걷고 있는 도중 말을 해버려서 츄르는 그대로 강에 빠져 버렸답니다. ^^

지은이 **도현빈**
Aaron Do

안녕하세요. 저는 공글 작가 도현빈입니다. 공글 3기 5학년이고, 태강삼육초등학교에 다니고 있습니다. 공글을 처음 시작했을 때는 글 쓰는 게 조금 어색했는데 계속하다 보니까 적응이 되면서 글을 쓰는 것이 재미있어졌습니다. 공글3기를 하면서 글쓰는 실력이 상승된 것 같습니다. 공글 수업은 국어와 영어로 수업을 하기 때문에 영어 실력도 늘었고, 영어로 글을 쓸때에 흐름을 더 잘 이해할 수 있게 되었습니다. 공글 시간에 미래 용어와 경제 용어를 배우면서 평소에 알지 못했던 여러 단어의 뜻을 알게되어 좋았습니다. 저는 사실 책을 좋아하진 않았지만 수업을 통해서 책에 관심이 생겼고, 제 이름을 내건 책을 더 내고 싶은 꿈을 갖게 되었습니다. 제가 생각하기에 책은 오늘의 나보다 더 나은 나를 만든다고 생각합니다.

## 개미와 베짱이

어느 날 게으름뱅이 베짱이와 개미가 있었는데, 개미는 베짱이의 하인이었습니다. 개미는 성실해서 초등학생이었을 때 숙제를 깜빡한 적이 단 한 번도 없었지만, 시험이 전부 망해서 이렇게 하인으로 인생을 보내고 있었습니다.

어느 날 잠을 자려고 누운 순간 개미는 생각에 빠졌습니다.
"나는 왜 항상 다른 사람을 위해 일을 해야 하지?"

다음 날 개미는 늘 부당한 대우를 한 게이름뱅이 베짱이에게 더 이상 하인을 하지 않겠다고 사표를 냈습니다. 하지만 베짱이는 깊은 잠에 빠져 있었기 때문에 그 상황을 전혀 모르고 있었습니다.

3시간 뒤에 일어난 베짱이는 사표를 확인하고 분노했습니다. 즉시 베쌍이는 개미에게 전화를 했지만, 개미아 통화를 할 수 없었습니다. 개미가 베짱이를 수신 차단했기 때문입니다. 물론 위치추적도 되지 않았습니다.

개미가 떠나고 베짱이는 자신이 너무했다는 것을 알았지만, 너무 화가 난 나머지 다른 하인 두 명을 하인거래소에서 그냥 데려왔습니다. 알고 보니 그 하인 두 명은 전 세계적으로 불성실하다고 유명한 하인이었습니다. 베짱이는 비로소 자신을 반성하고 신께 간절하게 빌었습니다.

"제가 너무 이기적이었던 것 같습니다. 용서해 주십시오."하고 눈물을 흘리며 후회했습니다. 베짱이는 앞으로 그런 행동을 하지 않기로 다짐했습니다.


## 운이 어마어마하게 없는 여자

어느 날 한 여자가 선원들과 같이 아주 큼지막한 배를 타고 무인도에 갇힌 사람들을 구출하기 위해 태평양으로 가고 있었습니다. 여자는 망원경으로 사람들이 근처에 있는지 확인하다가 바다에 빠졌습니다. 하지만 여자에게는 문제가 될 것이 없었습니다.

여자는 태어났을 때부터 남달랐습니다. 태어났을 때 울지 않았고, 어렸을 때 물속에 한 번 빠진 적이 있었는데, 그때 물속에서도 숨을 쉴 수 있었습니다. 여자는 순간 무인도에 갇힌 사람을 구출하러 가야 한다는 생각보다 바다를 탐험하고 싶다는 생각에 사로잡혀 바닷속 탐험을 시작했습니다. 여자는 바다에서 살기로 했습니다. 여자가 바다에 있는 동안 여자의 다리는 점점 물고기의 꼬리처럼 변하고 있었습니다. 여자는 그것을 확인하지 못한 채 며칠을 더 바닷속에 있었습니다.

어느 날 여자는 자신의 다리가 물고기처럼 변해있는 것을 보고 너무 놀란 나머지 소리를 질렀습니다. 그 소리를 들은 바다의 모든 생물이 깜짝 놀라서 일어났습니다.

어느 날 여자는 물고기에게 바다에는 간절한 소원을 한 가지 들어주는 마녀가 산다는 소식을 들었습니다. 그러나 마녀에게는 소원을 들어주는 대신 자신의 모든 것을 주어야 했습니다. 여자는 사람의 다리를 원했고 마녀에게 자신이 가진 모든을 주었습니다. 이제 여자에겐 다리가 생겼지만 다른 것은 아무것도 남지 않았습니다. 여자는 너무 배가 고파 물고기를 잡아먹었습니다. 다리가 생긴 여자는 밖으로 나가 무인도에 도착했습니다. 도착 후 모래에 아주 큼지막하게 SOS라고 적고 며칠을 기다렸고, 자신이 합류했었던 구조대가 와서 구해주었습니다.

그리고 여자는 원래 살던 미국으로 돌아가 평소와 같이 생활했습니다. 그녀는 바다 근처도 가지 못했습니다. 자신의 다리가 인어처럼 변할 것 같았기 때문입니다.

## 달라서 특별한 오리

한 오리가 있었습니다. 이 오리는 여느 오리와는 다른 검정 색깔로 태어나서 다른 오리들에게 놀림당하고, 무시당했습니다. 오리는 너무 외로웠습니다. 오리는 남은 생애라도 열심히 살아서 차별을 없애야겠다는 꿈이 생겼습니다.
 그렇게 힘들고 힘든 삶을 살다가 어느 날 '특별한 오리 특공대'라는 곳에 입단을 하게 됩니다. 오리는 단 한 번에 입단 성공을 하고 107번이라는 중요한 번호를 갖게 됩니다. '특별한 오리 특공대'는 깃털의 색깔이 기존 오리와 다른 오리들을 모아 만든 특공대여서 사람들에게 많은 관심을 받았습니다. '특별한 오리특공대'는 오리 전쟁에도 참여할 수 있었습니다. 그동안 무시당하며 살았던 검정 오리는 오리특공대의 생활이 꿈만 같았습니다. 검정 오리는 미친 듯이 신나서 마치 어린이가 된 것처럼 소리를 꽥꽥 지르고 어쩔 줄을 몰라 했습니다.

오리는 오랜 시간 동안 오리특공대에서 열심히 일하여 오리특공대의 대령이 되어 사람들에게 많은 사랑을 받았습니다.
그 이후로 다른 오리 종족들과의 전쟁에서 모두 승리하여 전 세계에서 가장 귀한 오리로 선정되었고, 어렸을 때 검정 오리를 무시했던 다른 오리들은 그 사실을 알고 몹시 후회를 했다고 합니다.

하지만 오리특공대의 대령인 검정 오리는 치음에 같이 살았던 오리들을 모두 용서하고 특공대 집에서 가장 넓은 집에 함께 살도록 해 주었습니다.

지은이 **박이안**
Ian Park

안녕하세요. 저는 공글2기 그리고 Shepherd International Education 국제 학교에 다니는 박이안입니다. 저는 치킨과 게임을 좋아합니다. 그래서 치킨과 게임에 대한 글을 쓸 때 가장 행복합니다.

요즘은 공글 수업에서 자신이 창작한 소설을 쓰고 있는데 저는 이 시간이 좋습니다. 내가 글을 쓸 때 몰랐던 것들을 친구들이 서로 이야기해주기 때문입니다.

# 호랑이와 패드

옛날 산골 마을에 아기와 엄마가 살았습니다. 그 아기가 밤마다 울어대자 엄마는 아기를 달래느라 고생이 많았습니다.

"엄마가 누룽지 줄게"

"으아아앙"

"아휴 참. 그러면 치킨 줄게"

"으아아앙"

"너 자꾸 그러면 호랑이가 잡아간다"

그때 마침 아기를 잡아먹으려고 온 호랑이가 문밖에서 듣고 있었습니다.

'이 무서운 호랑이님이 두려워서 눈물을 뚝 그치겠지?'

"으아아아앙"

"어휴 알았어. 알았어. 아이패드 줄게. 한 시간 만이다. 알았지?" 아기는 눈물을 뚝 그쳤습니다.

밖에서 듣고 있던 호랑이는 깜짝 놀랐습니다.

'아니! 나보다 무서운 녀석이 있다니! 도망가야겠다!' 그리고는 숲속으로 달아났습니다.

지은이 **서은유**
Luna Seo

저는 초등학교 5학년 서은유입니다. 처음 공글 수업을 접하게 되었을 때, 별다른 기대 없이 수업을 듣게 되었습니다. 하지만 첫 수업을 듣고 난 뒤, 여태까지 해봤던 글쓰기 수업과는 다른 수업에 기대가 되었습니다. 저는 평소에 글도 잘 안 쓰고 책도 자주 안 읽었지만 공글 수업을 통해 글쓰기와 책읽기에 관심이 많아졌습니다. 책을 읽고 난 뒤 다 같이 이야기 해보면서 내용을 이해하기 더 쉬워졌고 긴 글도 더 쉽게 쓸 수 있게 되었습니다. 공글 수업을 하면서 많은 장래 희망 중 '작가' 라는 직업도 생겼습니다. 좋아하는 것에 관한 짧은 이야기도 자주 쓰게 되었습니다. 그리고 매달 바뀐 문제를 통해 새로운 글쓰기도 접하게 되었습니다. 일주일에 3번 일기를 쓰고 궁금한 것에 대해서도 썼고, 편지를 쓰는 등 여러 가지 인상 깊은 일들도 많았습니다. 앞으로도 이렇게 좋은 기회를 한 번 더 가질 수 있으면 좋겠습니다.

## 여우와 코오롱 포도

　옛날에 여우가 살았어요. 여우는 배고픈 상태로 길을 걸어가고 있었어요. 그런데 저 멀리서 포도나무가 보였어요. 여우는 냉큼 달려가 나무에 박치기를 했지요. 그러자 포도가 후두두둑 하고 떨어졌어요.
　여우는 기뻐서 개구리처럼 폴짝 뛰어다니고 벼룩처럼 높이 뛰었어요. 여우는 어떻게 하면 포도를 오래 먹을 수 있을지 생각해 보았어요.
　그래서 여우는 포도로 여러 가지 음식을 만들게 되었죠. 여우는 포도 주스도 만들고 포도잼도 만들고 여러 가지를 만들었어요. 그렇게 여우는 매일매일 하루도 빠짐없이 포도를 먹었어요.

　그러던 어느 날, 여우의 몸에서 열이 나고 목 안이 가려웠어요. 여우는 포도 알레르기 같아서 잼싸게 병원으로 뛰어갔어요. 그리고 대기표를 받고 진찰 시간이 되자 여우는 의사 선생님께 포도 알레르기 같다고 했어요.

그런데 의사 선생님이 검사해보니 여우는 코로롱이었어요. 알고 보니 포도를 키우던 사람이 먹으면 코로롱에 걸리는 포도를 제조했던 거예요. 여우는 그렇게 자가격리를 했고, 아무거나 먹지 말자는 교훈을 얻었어요!

## 여우와 두루미

여우와 두루미는 아주 친한 친구였어요. 그러던 어느 날 여우가 두루미를 자기 집에 오라고 했어요. 두루미는 흔쾌히 허락하고 둘은 4444년 4월 4일 4시 44분 44초에 정확히 만나기로 했고 1초라도 늦으면 마라탕을 사주기로 했어요.

그렇게 당일 날, 여우가 요리를 만들러 장을 보고 오다가 늦었고, 두루미는 집 문을 따서 여우의 식탁에 태평하게 앉아서 찬장에 있던 홍차를 마시고 있었어요. 두루미는 말했어요.

"자 사랑하는 우리 여우 친구^^. 마라탕 사줘. *^^*(ㅋ)"

"아;;; 그냥 내가 집에 있는 재료로 만들어줄게 ㅋ;;"

여우는 부엌으로 향했고 재료를 준비했어요. 그리고 마라탕을 만든 후, 여우는 너무 화가 나서 두루미를 어떻게 하면 약 올릴지 고민해 봤어요.

그러자 여우는 부리로 먹지 못하게 약간 납작한 접시에 두루미가 좋아하는 치즈 떡 대신 고구마 떡을 넣고 두루미가 싫어하는 고수(야채)도 넣었어요.

마라탕이 나오자 두루미는 능숙하게 마라탕에 있던 재료를 씹지도 않고 벌컥벌컥 마셨어요. 사실 두루미는 마라탕에 있는 모든 재료를 다 좋아했고, 여우가 두루미의 친구 둘움이와 헷갈렸던 거예요. 두루미는 그 사실을 알자 여우에게 큰 실망을 하고 여우와 다음부턴 만나지 않았답니다.

그리고 두루미는 시크릿 저쥬에게 부탁하여 여우는 평생 마라탕을 먹지 못하는 끔찍한 저주를 받았답니다.

지은이 **신유진**
Eugene Shin

저는 공글 2기 작가 초등학교 5학년 신유진입니다. 사실 처음에는 영어학원에서 국어 글쓰기를 하는지 이해가 안 갔지만, 수업을 하면서 글도 쓰고 책도 많이 읽게 되어 생각이 바뀌었습니다. 공글에서 맞춤법 공부도 해서 맞춤법은 쉽다고 생각했는데 글을 쓸 때는 맞춤법이 헷갈려서 도서관에서 맞춤법에 관한 책을 빌려서 공부했고 이제는 맞춤법도 쉬워졌습니다. 공글에서 책을 써서 출판을 한다고 해서 처음에는 '이제 나도 돈을 벌 수 있겠다.' 라고 단순하게 생각했지만, 우리가 쓴 글들을 서점에서 사는 사람들이 있을거라고 생각하니 책임감이 느껴집니다. 그리고 우리가 쓴 글을 읽는 독자들이 생긴다는 것에 한편으론 설레고 한편으론 뿌듯합니다.

## 커다란 순무 2

옛날 어떤 마을에 순무를 좋아하는 농부가 있었습니다. 그는 매일매일 순무를 심고 가꾸었죠. 그러던 어느 날 농부는 순무를 뽑으러 갔습니다. 그가 무를 뽑자 달랑 꼭지만 나왔죠. 모든 순무를 뽑아보니 마찬가지로 꼭지만 나왔습니다. 사실 농부가 무를 뽑기 한 시간 전 배고픈 두더지들이 무를 파먹어 버렸던 것입니다. 결국 농부의 무 농사는 쫄딱 망하게 되었습니다.

## 로빈슨 크루소 2

28년간 무인도에 갇혀서 살고 있던 로빈슨은 공글이를 만나 살고 있었는데, 어느 날 로빈슨과 공글이는 목재들을 구해와 다리를 만들어 강 건너편으로 가 섬을 둘러보던 중 이상한 소리가 났고, 로빈슨과 공글이가 그곳으로 가자 식인종들이 등장해 둘을 잡아먹었다는 전설이 전해집니다.

지은이 **유우민**
Melissa Ryu

공글 2기 작가 유우민입니다. 저는 별내초등학교에 다니는 5학년입니다. 처음엔 글을 어떻게 탄탄히 쓰는지도 모르고 문법도 잘 몰랐습니다. 하지만 공글에 다니며 글쓰기 뿐만이 아니라 경제용어 미래용어 등을 배우며 많을걸 배웠습니다. 또, 영어로도 글을 쓰니 글쓰기 실력이 향상되는 것이 느껴졌습니다. 저는 학교에서 글쓰기를 할 때마다 글이 전보다 정리됐다는 것이 느껴지고 두꺼운 책도 어렵지 않게 읽을수 있게 되었습니다. 공글은 여러 가지로 저를 도와주는 것 같습니다. 제 꿈은 의사인데 의사가 되려면 이해력이 필요하고 책을 많이 읽어야 합니다. 공글은 한 달에 한 권씩 책을 읽어 좋은 것 같습니다. 이 책을 쓰고 좋았던 점 아쉬웠던 점도 있었지만 결과적으로 제가 책을 낸다는 것이 신기하고 출판된다니 놀랍기만 합니다. 공글과 애플 선생님들께서 저를 발전하게 해주셔서 감사하고, 이렇게 좋은 수업이 있어서 감사합니다. 앞으로도 열심히 글을 쓰겠습니다.

# 망한 복수전

저번 경기에서 거북이에게 자다가 진 토끼는 집에 돌아가 아버지에게 어떻게 거북이에게 지냐며 엄청 혼이 났다. 그럴 만했다. 토끼네 집안은 빨리 달리는 동물 중 하나로 대대로 이어지며 명성이 자자했었는데 세상에서 느리다고 소문난 거북이에게 지다니, 또 그게 토끼가 너무 자신만만해서 자다가 그렇게 되었으니 혼날만했다. 그게 분했던 토끼는 거북이를 찾아갔다.

"거북아, 내일 우리 재대결 하자. 지난번은 내 실수였어. 너를 얕보는 게 아니었는데…"하고 재대결을 요청했다. 거북이는 요청을 승낙했고 다음 날 대결이 펼쳐졌다. 토끼는 자신이 이길 것이라고 100% 확신하고 있었다.

토끼가 자신만만한 이유는 어젯밤 아무도 없을 때 몰래 경기장으로 들어가 거북이가 달리다 빠지게 하려고 구덩이를 파놓았기 때문이다. 토끼는 그렇게 해놓고도 마음이 놓이지 않아 조금 더 가서 덫을 설치했다. 그 덫은 뒤쪽을 밟으면 그대로 발이 묶여 앞으로 못 가게 다리를 묶어 놓거나 앞쪽에 스프링을 밟으면 위로 튀어 오르는 덫이었다. 만반의 준비를 갖추고 난 토끼는 자신만만 표정으로 웃고 있었다.

　드디어 경기가 시작되었다. 준비, 시작! 예상대로 토끼는 빠르게 달렸다. 그리고 벌어지는 간격을 보며 속도를 낮추고 뒤돌아보면서 거북이를 비웃었다.

　그런데!!!! 쿵! 토끼가 구덩이에 빠졌다. 어젯밤 구덩이를 다른 자리에 판 것이었다. 그사이 거북이는 토끼를 지나쳤다. 하지만, 여기서 포기할 토끼가 아니었다. 토끼는 껑충껑충 뛰어 구덩이를 빠져나오고 다시 전력 질주했다. 그러다가 토끼는 덫을 밟았고 하늘 높이 튀어 올랐다. 토끼는 자신이 덫을 설치했다는 사실을 잊어 버렸던 것이다.

　그리고 그때 하필이면 출발선 쪽으로 바람이 세게 불었고 토끼는 바람에 날려 다시 출발선으로 날아와 거북이의 승리를 지켜보게 되었다. 시합이 끝나고 토끼는 거북이가 자신을 쳐서 방향을 바꿔오다가 결국 출발선까지 왔다고 거짓말을 했지만, 덫을 설치하는 토끼의 모습이 CCTV에 찍혀 법정에 서게 되고 벌을 받았다. 결국 토끼는 세상에서 가장 빠른 동물 리스트에서 사라지게 되었다. 토끼는 욕심을 내지 않았다면 이길 수 있었을 것이다. 역시 욕심을 내면 안 되는 것이다.

## 순둥이와 악마 쥐

　어느 날 못 된 도시 쥐는 순한 시골 쥐를 괴롭힐 작전을 세우고 있었다. 그러다 도시 쥐는 완벽한 아이디어가 떠올랐다.
　시골 쥐를 도시 쥐의 집으로 초대하는 것이었다. 도시 쥐는 시골과 도시가 다르기 때문에 시골 쥐를 자기 집에 초대하면 힘들어할 것으로 생각했기 때문이다. 그렇게 도시 쥐는 시골 쥐에게 편지를 보냈다. 아무것도 모르는 시골 쥐는 신이 나서 당장 내일 온다고 했다. 다음날 시골 쥐와 도시 쥐는 파티장에 음식을 훔치러 갔다. 도시 쥐는 시골 쥐가 음식이 입맛에 맞지 않아 배탈이 날 것이라고 생각했다. 하지만 시골 쥐는 너무 맛있다며 내일 또 가자고 했다. 사실 시골 쥐는 음식이 맛없었다. 똑똑한 시골 쥐는 도시 쥐가 그를 골탕 먹이려고 도시에 초대했다는 사실을 알아차려 거짓말을 한 것이었다. 하지만 도시 쥐는 시골 쥐가 그의 속셈을 알아차렸다는 것을 모르고 또 다른 작선을 생각하고 있있다.
　다음날 도시 쥐는 시골 쥐를 훨씬 더 큰 파티장 @@@파티장에 데려가 준다고 했다. 이번 도시 쥐의 작전은 음식에 시골 쥐가 다가가면 케이크에 머리를 박게 하는 것이었다.

 도시 쥐는 너무 신이 난 나머지 가장 중요한 것을 잊어버렸다. 그것은 바로 그 @@@ 파티장에는 고양이 세 마리가 있다는 것이었다. 하지만 똑똑한 시골 쥐는 파티장 안에서 고양이 냄새가 난다는 것을 알아차렸다. 그래서 당당하게 들어가는 도시 쥐와는 달리 조심스럽게 들어갔다. 그때 당당하게 들어가던 도시 쥐를 고양이들이 보고 말았다. 도시 쥐는 하루 종일 고양이들에게 쫓기다가 시골까지 가게 되었다.

 착한 시골 쥐는 시골 쥐의 집에서 도시 쥐가 지내도록 허락해 주었다. 하지만 도시 쥐는 불빛도 없고 밤이면 울어대는 동물들 소리에 잠을 자지 못하고, 불면증에 시달리게 되었다. 시골 쥐를 골탕 머이려던 서울 쥐는 자신의 꾀에 자신이 넘어간 꼴이 되었다.

## 7대륙이 된 설문대 할망

 옛날에 어마무시하게 큰 할머니가 살았어. 키가 어찌나 큰지 바다가 무릎을 겨우 적시고 머리가 땅에 닿아 무릎을 구부리고도 겨우 다녔지. 이 할머니의 이름은 설문대 할망이었어. 어느 날 설문대 할망이 바다를 걸어가고 있었는데 걷다 보니 다리가 아팠어. 앉을 곳이 필요했지. 그래서 흙을 잔뜩 퍼 의자를 만들었지. 그런데 막상 앉을 려니 너무 나지막한 거야. 그래서 흙을 몇 번 더 퍼서 올렸지. 그런데 앉으니 봉우리가 너무 뾰족한 거야. 그래서 윗부분을 조금 파내니 앉기 좋아졌어. 이 섬이 바로 오늘날의 제주도야. 그 후 비가 몇 번 오자 봉우리에 물이 고이기 시작해서 이것이 백록담이 되었어. 나무와 꽃들이 자라나 점점 아름다운 곳이 되어 사람들도 하나둘 배를 타고 이곳으로 오기 시작했어. 설문대 할망은 이들을 살뜰히 보살 폈어. 그러던 어느 날 설문대 할망은 새 옷 한 벌이 있으면 했어.

그래서 사람들에게 부탁했지. "내 옷을 만들어주면 다리를 만들어 줄게." 그러자 사람들은 바빠졌어. 하지만 재료가 부족해 소매 부분을 다 만들지 못했지. 그러자 설문대 할망은 너무나 실망해 바다에서 쓰러졌어.

그 후 점점 피도에 쓸려 다른 곳으로 떠내려가 지금의 하와이, 아프리카, 미국이 된 거래. 그리고 그때 할머니의 팔이 지금의 한국이래.

지은이 **허단우**
Jackie Heo

안녕하세요? 저는 공글2기 작가 허단우입니다. 저는 현재 샛별 초등학교에 다니고 있습니다. 저는 1년 조금 넘게 공글 수업을 들으면서 저에게 많은 변화가 생긴 것 같다는 생각을 합니다. 가장 큰 변화는 글을 쓰는 것을 좋아하게 되었다는 것입니다. 이전까지는 글을 쓰라고 하면 '내가 쓸 수 있을까?'라는 생각이 들고 나중에는 포기했었는데 수업을 들으면서 조금 쉽게 글을 쓸 수 있게 되었습니다. 수업을 하면서 막연하게 '나도 책을 낼 수 있었으면 좋겠다.'라는 생각을 했는데 생각이 현실로 이루어지게 되어 기분이 참 좋습니다. 앞으로도 책을 통해 제 꿈을 이루는 멋진 사람이 되고 싶습니다.

## 젊어진 할아버지와 길치 할아버지

화창한 봄날 70대 정도로 보이는 할아버지가 약초를 캐고 있었는데, 새 소리를 듣고 덤불 근처로 가 보았더니 파랑새가 그물에 걸려 있었습니다. 할아버지는 파랑새를 꺼내주고, 약초를 캐러 갔는데 파랑새가 '저를 따라오세요'라는 눈빛으로 할아버지를 깊은 산속으로 데려갔습니다.

그곳에는 맑은 샘물이 있었는데 할아버지는 마침 목이 말라 샘물을 마셨습니다. 샘물을 마시자 할아버지는 젊어졌고 집에 와서 그 일을 할머니에게 말해 주었는데, 옆집 할아버지가 그 이야기를 엿듣게 되었습니다. 그 할아버지는 동네에서 이기적인 할아버지로 소문이 나 있었습니다. 이기적인 할아버지는 곧장 숲속으로 달려갔습니다.

하지만 문제는 그 할아버지가 길치였다는 것입니다. 그때는 내비게이션이 없었던 시대여서 할아버지는 한참 동안 길을 헤맸습니다. 할아버지는 가면 갈수록 같은 자리를 맴도는 것 같앉습니다. 사실 할아버지는 마지막 갈림길에서 왼쪽으로 가야 했는데, 오른쪽으로 간 것입니다. 결국 계속 같은 자리를 맴돌던 할아버지는 나흘 후 굶어 죽고 말았습니다.

## 토끼의 복수

옛날 어느 깊은 산 속에 거북이 도령과 토끼 하인이 있었습니다. 토끼의 할아버지는 토끼의 고조할아버지가 거북이 도령의 고조할아버지에게 달리기 시합을 하다가 패배한 이야기를 해주었습니다. 하지만 토끼는 그 이야기를 믿지 않았습니다. 왜냐하면 토끼들은 거북이보다 빠르다고 생각했고, 실제로도 거북이 도령이 토끼보다 느리기 때문입니다.

다음 날 토끼는 거북이 도령에게 달리기 시합을 하자고 했고, 30분 뒤 달리기 시합이 시작되었습니다. 거리는 10km 정도였습니다. 처음에 토끼는 빨리 뛰어갔지만 힘들어서 우물에서

물을 마셨습니다. 거북이 도령은 느릿느릿 기어가다 어느새 토끼가 있는 우물까지 도착했고, 토끼는 지쳐 걸어갔습니다.

어느덧 도착 지점이 눈앞이었습니다. 토끼와 거북이 도령은 미세한 차이로 통과했고, 비디오 판독을 해 보니 토끼가 이겼습니다. 토끼는 바라던 대로 복수했고, 거북이 도령은 동네에서 느리다고 소문난 거북이가 됐답니다.

## 요술 항아리

옛날 옛적 조선시대에 한 농부와 욕심쟁이 아저씨가 살았어. 그 마을에는 오래전부터 전해 내려오는 보물 이야기가 있었지. 그 이야기는 100년 전 사람들만 알고 있는 이야기였지. 그래서 이 시내 사람들은 그 이야기를 몰라.

어느 봄날 농부가 감자를 심으려고 밭에서 밭을 갈고 있었어. 그런데 밭을 갈아보니 호미가 딱딱한 것에 걸려 더 이상 들어지지 않는거야. 농부는 땅을 파보았어. 그랬더니 큰 항아리가 하나가 나왔어.

그 항아리는 사실 100년 전 사람들만 알고 있다는 귀중한 보물이었어. 그러나 아무도 그 사실을 몰랐지. 농부는 항아리에 여러 가지 농기구를 넣어 놓았어. 그리고 몸이 아픈 부인을 위해 농부는 저녁거리를 사러 갔어. 그런데 그사이 항아리에 농기구가 수없이 많아진 거야. 농부는 깜짝 놀라 쌀을 넣어 보았지. 그랬더니 쌀이 2배로 늘어났어. 부인도 그 일을 알고 여러 가지를 넣어 보았지. 그 덕분에 농부는 남들보다는 조금 더 넉넉히 살게 되었어.

그러던 어느 날 그 마을에 사는 욕심쟁이 영감이 항아리를 탐냈어. 욕심쟁이 영감은 항아리가 나온 그 땅이 원래는 영감네 땅이라고 주장했어.

사실, 영감의 말이 아주 틀린 것은 아니었어. 원래는 욕심쟁이 영감 땅이었는데 농부가 산 거였거든. 그래서 둘 사이에는 싸움이 일어났어. 둘은 사또에게 가서 판결을 해달라고 했지.

사또는 한참을 고민하다가 농부에게 물었지.

"너는 그 땅을 산 지 얼마나 되었느냐."

"저는 그 땅을 산 지 10년이 넘었습니다." 농부가 대답했어.

사또는 마을에 새 규칙을 만들었어. 그 규칙은 땅을 산 지 10년이 넘으면 그 땅은 온전히 산 사람의 것이라는 규칙이었어. 그렇게 착한 농부는 요술 항아리를 들고 집으로 가서 행복하게 살았대.

지은이 **이승하**
Ryan Lee

상명초등학교에 다니는 5학년 긍정이 이승하예요.
저는 영화 보기, 게임 하기, 만화책 읽기, '뽕따' 아이스크림 먹기를 좋아합니다.
글쓰기 수업을 하면서 생각할 시간이 많고 쓴 글을 나눌 수 있어서 좋았습니다.
"Who Am I" 주제를 처음 받았을 때 저 자신을 평소에 생각해 보지 못해 쓰기 어려웠지만 계속 고민하면서 결국 쓰게 되었습니다.
여러분도 자기 자신에 대해 생각 해 보면서 이 글을 읽어보세요!

23 Teenage Writers

# WHO AM I

지은이 **이승하**
Ryan Lee

## About Me

Do you know yourself well? Some of you guys don't think about who you are and your personality. Today, I am going to introduce myself and discuss who I am. To start with, my name is Ryan Lee. I was born on February 1st. In my family, there are my mother (Lee Shin Aae), my father (Lee Jun Su), my little brother (Lee Jae Ha), and me (Lee Seung Ha). I live in Gonglengdong 59 22, Nowon. Also, my Myers-Briggs Type Indicator (MBTI) is ISTP. It means that I am someone who is introverted, observant, a thinker, and a prospector. This was a little preview about who I am and from now on, we will explore more about the things I like and dislike, my dreams, and more.

## Something I like

Everybody has their likes and dislikes but, there's nothing better than talking about what I like the most: my favorite foods, sports, and hobby. First, I really enjoy eating so here are my favorite dishes: salmon sushi, Jin ramen with eggs, ribs, and pork belly with kimchi, onion, and sausage. On this list, I like pork belly the most and I especially enjoy eating it when I go camping. Next, my favorite sports are soccer, basketball, and table tennis. However, I am the best at soccer and table tennis. Sadly, these are the only sports I can play and that I like. As for my hobbies, I like matching cubes. I could match a 2x2x2 and a 3x3x3 cube. I memorized the Ortega Method (the advanced formula) so it takes nearly 13 to 20 seconds to solve a 2x2x2 cube. And it takes about fifty seconds to match a 3x3x3 cube. My fastest record on a matching 2x2x2 cube is 10.67 seconds. Next to matching cubes, I love going to hotels because of the hotel swimming pool. We never forget to bring our swimming gear.

## Something I Dislike

Now that you know what I like, here are some things that I dislike. As you know I like the food, but I hate things that contain Mushrooms and Broccoli. I really hate these foods and especially broccoli because of the taste of pasture that is on broccoli. Also, when I eat broccoli, the small granules in the broccoli go inside my mouth and stick to my throat, tongue, and everywhere inside my mouth. I really hate that feeling. And for mushrooms, I hate it because when I eat them, the mushroom feels sticky, glutinous, adhesive- like, elastic, rubbery, and tough. Thinking about the word tough makes me think about how I hate coding. The reason I hate coding is that when I code, I feel very stressed and frustrated. It is because I have to code one block at a time and I don't have enough patients to do that. It also takes a long time to create a project. Also, I do not like swimming. I hate swimming not because I can't swim, but because my school swimming teacher is so strict and I have my limits of fitness. The other reason why I hate to swim is that when I swim (especially backstroke) the water goes into my nose and it feels like the water is going into my brain. Also, it feels like the water is going to my nose and into my throat. The third thing I hate to do is play monopoly. I like playing board games, but I hate playing monopoly. There are several reasons. First, It takes a long time to finish the game. It nearly takes two hours and a half hours to finish this game. When I play monopoly with Jaden, my brother, it takes too much time and we always end up fighting. It is not thrilling enough to play and it is just a boring game buying lands that is not even real.

## Career

Lastly, are you curious about my future career? Actually, my dream keeps changing from time to time. Sometimes, I think about being an architect, magician, or astronaut. Now, my future career, is to be a speedcuber. For the people who don't know what a speedcuber is, a speedcuber is a sport involving solving a variety of combination puzzles, the most famous being the 3x3x3 puzzle or Rubik's Cube, as quickly as possible. To make my dream possible, I will continue to practice a variety of cubes every day. Maybe one day, I can set a world record and beat Feliks Zemdegs.

Have you had fun reading about me? Knowing others and respecting them is important, but knowing yourself and respecting yourself is more important. I still want you guys to know more about yourself and sometimes think about **who am I**.

지은이 **김혜린**
Lina Kim

## Introducing

Hello, I'm Lina, 13 years old. Now, I'm going to talk about some special events that I had before, especially my short trip to America.

When I was seven, one of my close friends liked dancing to music. So, I started to go to the dance academy because I liked to talk with her. I guess I like dancing since I went to the dance academy with her. The teacher taught us how to cover some artists' dances. I remembered that I kept practicing the dances and reviewing them. I loved it so much that I thought I wanted to be a dancer when I grow up. Although I still love it, I was crazy about it. When I watched some photos and videos when I was young, most of it was related to dancing.

When I became an elementary student, it was hard to adapt to school and make friends because I transferred schools twice, so I went to three different schools. I think the most impressive events in my elementary school life are special events in school like encampments and field trips. In fifth grade, I slept in the classroom with my friends and teacher. It was possible because there was no such thing as covid-19. We had talent shows and made our own dinner after we played several games. It is a very good memory for me because we stayed up all night to tell scary stories. It was really cool. The field trip to the ice skating rink was really impressive, too. That's where I learned figure skating, I just practiced some skills that I learned from my private lessons.

Middle school was so different from elementary school for me, so it was a little bit scary for me to go to middle school at first. The elementary school teacher was mostly kind and gave us another chance if we did something wrong. On the other hand, most middle school teachers make me feel scared because they always look angry. Middle school students have to take longer classes and there are many assignments. Since I became a middle school student, all of my daily routines have changed.

About two months ago, I had a chance to go to America to study English. I don't know why my mom suddenly asked me about it, but I accepted her opinion. It has been about a month ago when I went to America, I started to get ready to go there. I reviewed my English grammar and I changed the language on my computer and smartphone to English. Now, English is more comfortable for me. Because I went to America without my family, it was a little bit scary and I expected that I would miss Korean food. So I made some Korean food for my host families, such as tteokbokki, ramen, and Bulgogi. The food that I made was even better than my mother's cooking. I was satisfied after I made that food because my host family liked it. (My host father, Shane, especially liked Bulgogi because he is really bad at eating spicy food.) This week, Leia asked me for the recipe for Bulgogi, so I taught her how to make it. Her family is going to make bulgogi, and they bought kimchi and other Korean ingredients.

When I was in America, I woke up at six or seven to go to school. Usually, breakfast was banana chocolate muffins and smoothies. Since Vincent, Chloe, and my roommate Leia always had no time to eat, we ate breakfast in the car. After I went to America, only the good habit I still have is making my bed as soon as I get up. It's miracle for me. If I had my own room, I won't have done that but because I used the room with Leia, I had no choice.

I made many friends at Buena Vista like Antonella, Tofina, J.V, Sarah, and Zhanna. I was in 7th grade in America, but I made 8th, 9th, and 11th-grade friends because I went basketball stadium every Thursday to cheer for Chloe (Chloe was on the basketball team). I am still in contact with them nowadays.

Because I always spoke in English, I had fulfilled my dream of speaking in English. I think my English grammar and pronunciation have gotten better, and it was a great chance to experience another culture in another country. I am really waiting to study in Canada in the near future.

지은이 **박시우**
Boaz Park

## Introducing

"Ting!" My 4th toenail fell out like hitting a baseball with a baseball bat. I sobbed as I fell to the floor in pain. It was 3 am, I didn't know what to do but to call mom. "Umma". I was at the age of six, and my mom came and started finding my shy toenail that hid somewhere in the darkness. "Here it is! your lost toenail," said mom. My mom took about a few minutes, and she found it under the sofa. She put the ointment on my 4th revealed toe skin, washed the lost toenail, and put it on my flesh. Then she put on a bandage to sustain it. My foot was soaring, but I felt a bit of joy because I found my lost nail again. After several months of healing, My toe came back to normal and everything was fine. This event was one of my earliest memories of the events that happened in my life.

Let's go to 1st grade. I was at a private school, called "Geum-Seong elementary school. I had a lot of friends, and we decided to go camping and watch a movie. As soon as I tried to grab the remote control, my other friend tried to grab it too. So both of us scratched our hands without thinking, and after a few minutes, we stopped trying to grab the remote control because we were tired. After a while, his face started to bleed somehow and I thought it was my fault so I apologized to him. He said ok, and he went to tell his mom. Then his mom came and yelled, "Hey! How are you going to fix the problem! What have you done to my son! How can you do this!" I was scared because I was in 1st grade, and said sorry several times. I kept apologizing, and after a while, my mom came and also apologized to the mom, until the mom felt better. After a few minutes, the mom and the friend got in a car and left, and my mom lost all our self-respect. The vibe of the campsite was very quiet and awkward. My other friends and I decided to clean up, and that was all for that day.

The next day came, it was just a normal day in school. While our class was studying, the homeroom teacher came and said, "go to the next class and say sorry to the kid". The other kids at the back whispered, and I had this awkward feeling that I cannot explain. I guess the mom told the teachers and wanted me to be embarrassed. By the way, the next class teacher was known for always being serious and very scary. I cleared my throat and knocked on the door. There was no response. I knocked on the door twice. No response. I thought the teacher didn't hear my knock, so when I was about to knock on the door again, the teacher opened the door and said, "why are you here, go back to your class". I explained why I was here, but the teacher said, "I don't care. Go back to your class and come to me during the break time" so I went back to my class, and the teacher asked, "Did you apologize?" I said, "No," and the teacher said never to come back to the classroom until you apologize. So I waited outside of the classroom until break time came. By the way, I forgot to mention that it was in the middle of the winter, and all the hallway windows were open, and I couldn't close them. My coat was inside the classroom, so I went to the bathroom, and guess what the bathroom was full of snow. I was crouching in the corner of the wall, which I thought would be the warmest part of the hallway. It felt colder because the classrooms were on the first floor, the wooden floor was in bad condition, and there were some holes, which made it colder, and harsh. After like 20 minutes or so, I went to the classroom and apologized to him. The next period came. The homeroom teacher said to go again to apologize. So, without any complaint, I went back to the class, and the scary teacher sent me back again. So this time, I lied to the homeroom teacher and said I apologized. During the next break time, I went to his classroom and said sorry. I was eating lunch, and the homeroom teacher called me, and said, "go to him and say that you're sorry again". I was confused why I have to keep apologizing to him. So I said, "why should I keep apologizing to him?" and the teacher said, "If it is your fault you have to apologize. Just do it" So I just went to him and kept apologizing to him. After a few months, the boy left the school, and I stayed at this school until the 3rd grade.

Now, I would like to tell you my favorite things I like. First of all, games. My favorite game changes every year, but from 6th grade until now, there is a game I like, called Roblox. Roblox is not just a normal game. It is more like a website. In Roblox, there are lots of different types of games you can play. Some of my favorite games are, pet simulator x, dunking simulator, arsenal, bad business, etc. My favorite types of games are simulator games, where we grow our items, our statistics, and my account. Games such as arsenal and bad business are shooting games influenced by classmates, and especially my brother.

There is a game company I like which is called "Supercell". I am currently playing three games that are made from Supercell, Brawl Stars, Clash of Clans, and Clash Royale. These are my favorite games which I play with my friends often, and I would say I am quite good at them. I started clash royale and clash of clans when I was about 3rd grade, with my dad's phone. My mom did not allow me to have a smartphone until I was in 5th grade. I quit all the other games and started brawl stars, and I saw my friends playing, so I started again, with a new account.

Next, I want to talk about my favorite hobbies. The First would be Lego. I started playing with Legos when I was 3 years old. I started with big bricks like Lego Duplo, which was made for babies. Then I started the small ones. I used to buy a lot of Legos, spending thousands of dollars on small plastic products covered with ink and paper. One time, I wanted to get a 75192, a Millennium Falcon. It was worth one thousand dollars, so I spent my entire life savings, and there was no money left in my piggy bank. There were a couple of dollars missing, but my parents filled in the amount that was missing. Then I started going to lego museums, and I wanted to be a lego designer.

I would like to go over some of my other favorite hobbies. My next hobby is the clarinet. I started playing the clarinet when I was in 1st grade. I am now in grade 8, and I played it for 8 years. I started playing because there was an after-school activity, playing the clarinet. I don't go to that school anymore but I still go to the clarinet academy where there is the same teacher.

Now, I would like to tell you briefly about all of my favorite hobbies because there are a ton. My next hobby was magic. I was watching one video and saw that it was cool, like cutting someone's body. So I started learning how to do magic with cards on YouTube. But the hobby faded away as I was starting the next hobby, "cardistry". I was watching more magic tutorial videos, and I saw a video about moving the card all around the space, and that looked cool. Cardistry is a new type of word, which is card + artistry, an action of art using cards. I thought that the "cardistry" was cool because, for magic, once I know the trick, it is not fun and seems fantastic anymore. But when I learned "cardistry", it was always fun to show the skills to my friends, and it was always fun practicing it. As I was doing "cardistry", I always practiced with my best friend called Caleb. He moved to another school, and I kind of stopped doing "cardistry".

The next hobby I did was speed stacking. It is a type of sport in which you do use cups. One day, there was an upper-grade student in our school, and he showed the class cup stacking. Then it looked cool to me, so I bought a cup from E-mart and started practicing. I was very into this hobby, and almost every day, I practiced until 2AM for a month. I was sweating every night, and I was tired, but also fun. Another hobby is speedcubing. I first started this hobby when I was a kindergartener, and stopped for a long time. I saw one of the girls solving 2X2 cubes in our class, and she solved very fast. So I also bought cubes from websites, watched YouTube videos and documentaries about solving cubes, and kept solving. I will tell you about my next hobby, chess. Chess is a mind sport, where you use your brains instead of your body. I started playing chess, influenced by a student in our school. I was in a board game ACA (after class activity), and covid-19 was hitting hard at the time, and we had to do zoom, and the teacher assigned 2 people each to play online chess. The student I was assigned to play chess was really good. I played 3 games, and I lost all three. So, I kept playing chess, solving puzzles, and now, I have a chess tutor who teaches chess. For my next hobby, since there is too much I will categorize. I have a hobby of collecting things. I collect rare coins and one of them went up to $100, and I also collect Pokemon cards. One of the cards went up to 300,000 won. I enjoyed collecting rare cards and coins.

Lastly, I want to talk about the things I like and hate. For things I like, I like watching YouTube videos, such as chess videos, studying videos, Vlogs, gaming videos, and tutorial videos. I also like games, as I mentioned earlier, Clash Royale, Clash of Clans, Minecraft, Roblox, Brawl Stars, and Cookie Run Kingdom. In addition, I like typing, where I use two main websites, monkeytype.com, and nitrotype.com. For the things I hate, such as my habit of procrastinating, I don't hate but don't like reading. I also want to tell you what type of people I hate. I hate people who are loud, annoying, smelly, and who always bother me.

I had some bad and unfortunate memories from the past such as my toenail taking off from my foot when I was 6. I keep saying sorry to the person who I accidentally hurt. I also love all my hobbies, playing games, watching videos, chess, collecting cards, and coins, speed stacking, speedcubing, playing with Legos, playing the clarinet, magic, and cardistry. I hope you had fun reading my memories and I hope you try out the hobbies I had.

지은이 **강민주**
**Stella Kang**

## Who am I

Hello, I am Stella. Like this, There are so many sentences where you can introduce yourself. For example, I am so and so years old, my family is…, I like to do…, I am in the so and so grade, my hobby is… I'll write using these sentences so you can get to know me better.

## My family

There are four people in my family. Mom, Dad, sister, and me. Including my pets, there are six. I have one dog and one cat. My mother is a singer. Although my mom can't be a singer because of us now, I'm really proud that my mom is a singer. My dad is an office worker and sells cars so he knows everything about cars, so even if there is a problem with a car, he can solve it on his own. He said in the past that he liked cars and wanted to become a racer. Hearing those words, I knew how much my dad loved cars. Now, my sister is really a troublemaker. Sometimes my sister and I get scolded because we fight, but I will always love my sister. This year my sister is going to the same school as me. I am more excited than my sister. Finally, I will introduce my pets. There is another troublemaker in our house, our puppy, Pochon (뽀숑). He is a bichon. Pochon is about two and a half years old this year. It was like a present given the day before my sister's birthday. Jenny was a stray cat and we were brought together by destiny. Jenny came to me like a miracle, became my friend, and eventually became a part of our family. Jenny went through many trials, but she overcame them all and is now healthy. I love my family.

## My friend

My best friend is Bona. She is my best friend, but she is also my oldest friend. She and I met in 2013 and nowadays I do almost everything with her. Sometimes she gives me good information and she teaches me what I don't know. She's a good friend. She is the friend I need and she is like my family.

Also, I have many other friends besides Bona. I have thirty-two classmates in school. Among them, I have particularly close friends, and that is Ahin (아인). Ahin and I have been in the same class since 3rd grade. I wasn't close with her at the beginning. At first, we needed time to get to know each other, but now we are best friends at school.

I have a lot of other friends besides them two. There are too many friends that you will not be able to meet all of them right now. Some of my friends moved to another city, moved to a different class, or I am just too busy to meet them because of my schedule.

## Who am I

Before this, I explained other things. But now I will tell you about who I am. To introduce myself, my name is Stella. And I was born on February 5th. I go to Taegang Elementary School. I like to make things, like making wool dolls. I make them using a needle and wool felt. I once gave a doll to my sister made from wool felt.

My hobby is singing. My mother was a singer, so I learned to sing at a young age. I sang until 5th grade, but I stopped singing to focus more on Korean dance. I am working hard to become a Korean dancer now. I go to lots of academies such as math, English, and dance.

I live in a place called Siksong Village in Byeollae, Namyangju-si. Most of my friends live in apartments, but I live in a villa. These days, we are looking for a house to move in, and we are showing our house too. I am so excited and wonder about what our new house would look like.

I used to play soccer with the boys every lunch break from first to third grade at school. At that time, there were no girls I was close with at school. Rather, it seems that there were more "boy" friends back then. It seems that at some point, I knew how to play with and become friends with girls. Of course, I still play soccer in my spare time. I love moving, running, and exercising.

## My MBTI

My MBTI is INFP. I used to be ENFP. The Internet said that ENFP is someone who is imaginative, have great agility, and feel bored with daily activities. But I think it is not correct. The previous explanation is correct, but the following explanation is incorrect. I don't get bored even though I live the same life every day. I always try to live a bright and fun life even with the same schedule every day. I think that way, so I took the MBTI test again. The result was INFP. My MBTI changed from 'E' to 'I'. INFP characteristics are true idealists who see only the good in the worst situations and the bad ones and strive to make things positive and better. Sometimes seen as calm, reserved, and even shy, they hide a spark of passion that can ignite when disappointed. These people, who make up about 4% of the population, are sometimes misunderstood, but once you meet like-minded people, you will experience the fullness of joy and overflowing inspiration within them.

Because of my character, People think I'm shy and introverted, but over time I become more friendly, I'm full of energy and I'm an insider and extrovert

## 6th grade

I was in 5th grade but yesterday, our school had graduation so, in March, I will be in 6th grade. I am excited, but I also have a lot of thoughts about not wanting to be in 6th grade. 5th grade was very hard and busy. But I think that it will be even harder and busier in 6th grade.

I am so worried about it. The entrance exam is coming, new friends, new teachers, new classroom, new subjects, etc. Also, I chose to go to a traditional Korean school. To go to that school, I have to pass a competitive entrance exam. Of course, the exam will be in a year, but I am so anxious about that.

## My dream

My dream is to become a great Korean dancer. It was last July that I had this dream. At first, there was a Korean dance academy in the building of the study cafe I was attending, so I just went there to exercise and it was so much fun. After that, I started learning Korean dance professionally. I went to competitions, won awards, and experienced a lot. I'm still working hard to make my dream come true. My goal now is to pass the Korean traditional music middle school entrance exam. So these days, I am working hard on ballet, Korean dance, and studying hard.

## Conclusion

In conclusion, as I write this, I am getting to know myself and the people around me better. I hope I can get to know you more as I get to know myself better. I hope you enjoyed reading about who I am and who I will become.

지은이 **김학빈**
Kevin Kim

## Introducing

Hi, my name is Kevin, and here are some things about me:). I am Korean and I am a boy. My Korean name is Hak Bin Kim (김학빈, 金學彬), which means to study and to be famous. My birthday is on February 27th, 2010. I'm in 6th grade. In my family, there are my mom, dad, and sister (Lina). I'm good at math, basketball, soccer, and games. My blood type is O.

My hobbies are playing basketball, reading books, talking and playing with my friend, watching webtoons, playing with a cube, watching TV or YouTube, and playing games. Also, I like Nintendo, Xbox, and PlayStation. I like games, the color sky blue, books, and Snoopy. The reason that I like basketball is that I like

P.E. When I played it for the first time, it was so hard but now, I'm better than some of my friends. I can feel that I'm developing new skills and techniques. I wish I could dunk. I can learn every basketball skill (and it takes a lot of time) but I can't learn only dunk. And it makes me angry.

Here are some things that I don't like: English grammar, Korean grammar (I think all grammar is boring), my sister (she keeps bothering me), loud noise, insects (especially flying insects), avocado, Covid-19, science, social studies, art, and math.

My favorite games are Roblox and BattleGround. The reason that I like Roblox is that there are many kinds of games and I can choose the game that I want to play. And the reason that I like BattleGround is that I can play with almost one hundred people (or AI) and if I win, I feel like the king of the world. When I was young I liked Pokemon go and Brawl stars but now it is boring.

My favorite books are 'Wimpy Kid' and 'Slam Dunk'. Slam dunk is a comic book that is related to basketball, so I think it is very fun. I read it more than three times and there are twenty-four books in the series, which can be a lot. Wimpy Kid is not a comic book, but I like it because it has many pictures.

  My favorite singers are TXT and Justin Bieber. TXT is tomorrow by (x means by) together. My sister shows them pictures and listens to songs and it was so good. They are handsome and good at singing so I like them. My favorite member is Yeonjun. They belong to BigHit Entertainment along with BTS. However, I don't like BTS. Justin Bieber is a famous Canadian singer who is in the same entertainment. He is very rich and he is good at singing of course and has a good voice. In May, TXT is gonna show new songs and I like it.

  Here are some things that I want to have. I would love to have a pet dog. I want to have a bichon because I think they are the cutest dogs in the world. Also, I want to get an iPhone. I got an Apple Watch on my birthday but I have an Android phone, so I can't use it; it is useless. My mother said she will give me an iPhone when I become

14 years old.

My favorite subjects are P.E., especially basketball, and English. I dislike math, art, and Korean because they are either boring or hard for me.

One day, I want to go to Paris and the U.S.A. I'm studying 8th-grade math. I like to learn English but not grammar. But I don't like math. My Myers-Briggs Type Indicator (MBTI) is ISTJ-T. MBTI is a personality type test and ISTJ is introversion, sensing, thinking, and judgment.

I want to learn Spanish because two months ago, I learned a bit of Spanish in the English academy (because I had to wait for my sister but waiting was so boring and I decided to learn Spanish) and it was fun! (Uno, Dos, Tres, Cuatro, Cinco, Seis, Siete, Ocho, Nueve, Diez).

I don't know what I want to be when I grow up. Maybe a chef (like 0.01%), a basketball player (because I like basketball), a high school teacher (a little bit), and a CEO (impossible).

My favorite foods are donuts, chicken, pizza, spaghetti, and hamburgers. I like western food. My favorite ice cream flavor is mint chocolate (or just chocolate). Many people don't like mint chocolate but I like it. I prefer ice cream on a cone and not in a cup. My favorite fruit is melon because it is sweet and it doesn't have a lot of seeds. I don't like fruit that has a lot of seeds such as watermelon, and pomegranate.

I go to Goil Elementary. My favorite subject is P.E. I hate math and I like English a little. I've been studying English for four to five years.

I go to Apple English. I changed my English academy four times. This is my favorite English academy so far. My class name is Stanford. I was in Brown class but I changed to Stanford.

My favorite holidays are Christmas and Halloween because, At Christmas, I can get presents from Santa (and he is my parent) and on Halloween, I can get candy and play in my English academy (Apple English). I didn't like Halloween but when I experienced it in Apple English, it soon became my favorite holiday.

My favorite season is summer because I don't have to wear thick clothes. I like winter too because there is Christmas, snow, and my birthday is in February so I can have a birthday party and get a birthday present. My favorite day of the week is Friday because after Friday is Saturday and Sunday (and Monday, I hate Monday). I like holidays.

My favorite Kakao Friends character is Ryan. He is cute. It is so round and I like it. And I like Apeach too because it looks cute.

I'm happy because I will go to middle school next year. I hope this year goes faster. I want to go to Sangil Middle School. It's a girls' middle school, but next year it will change to Sangil Coed Middle School. My sister goes to Sangil Grl's Middle School. And it is close to my house, so I want to go to Sangil Middle School.

What I most remember in elementary school is when I was in the second and third grade, I went to the amusement park but it was raining. My class couldn't go to the amusement park. I was so sad but it was also good because we had to leave our class to watch a movie and eat our lunch boxes. We also played a board game. I think it was more fun than going to an amusement park.

What I most remember in kindergarten is when I was six or seven years old, there was a concert. Many of my friends play the same instrument, but I was the only one playing the drums. It was a little tense, but fun too. And when I was six or seven years old too, there was a swimming class that I joined. After swimming, we play dodgeball for like 20 minutes. It was really fun. I want to be in kindergarten again. But now, there is Covid-19 so I we can't go to the swimming pool.

I don't want to study abroad. I have two chances to go to Seattle and Canada. My sister went to Seattle and she will go to Canada soon. The reason that I don't want to study abroad is, I think it will make me lonely, which will make me study less, and the food might not fit me. My sister went to Seattle for a month. My sister lost her computer mouse, and her pencil case. I just can't help thinking that it will not fit me. And I think I can't understand much of what they are talking about, so maybe my grades will be bad. But I think it will be fun too because sometimes I think I want to go study abroad.

    I got Covid-19 on March 15th. When I woke up my throat was hurting. I couldn't eat anything. My throat was hurting on the 14th too, but I took the Covid-19 test. It said that I didn't have Covid-19. I went to the hospital to take the Covid-19 test. The doctor said I had Covid-19. I went to the hospital to take the Covid-19 test. The doctor said I got Covid-19. I was surprised because I never thought that I would get Covid-19. When I came back home, I went to bed and slept. I was so tired because I waited for an hour to line up and test. I slept for about three hour. When I woke up, I wasn't tired. My temperature was a bit high but everything was fine. But now, everything is fine. I wish Covid-19 will be overs oon.

    How much do you know yourself? Do you know more than me? I think this is the longest writing that I have ever written and it looks like I know myself enough but I want to know who I am more than now. Do you know "WHO AM I?"

 지은이 **이태은**
Bona Lee

'Who are you?' said the Caterpillar.

Alice replied, rather shyly, 'I — I hardly know, sir, just at present — at least I know who I WAS when I got up this morning, but I think I must have changed several times since then.'

This is actually one of my favorite quotes from Alice in Wonderland. And like Alice, I also won't be able to reply to what the Caterpillar asked. I mean, "Who am I" looks like a simple question, but it's actually hard to answer. It took me a lot of time to start writing, and I think I finally have an idea of who I really am.

I thought the clues were to be found in the person

that I used to be. So I began gathering the remnants of a deeply fragmented past. But as I started to dig more deeply, I realized there were a lot of moments that changed my life entirely.

## Going to Canada

Let me tell you about the time I went to the other side of the world. Yes, I went to Canada. First off, going to Canada was a big change in my life. When I first heard about Canada, I screamed to death. "Oh no Canada!" I was only in second grade. And I missed my friends. When I arrived in Canada, everything seemed new; the people, environment, house, school, friends, neighbors, weather, and even the water. Everything was different. To be honest, I cried a lot when I was in Canada. I don't really know if it was because I missed my friends and family, or just the concept of being in a new country.

## Coulrophobia

I imagined it to be as different as I thought it to be and guess what, it was. When I was in a parade with my school friends, one of the teachers dressed up as a clown. Before this "incident" I liked clowns. They were always fun and kind to us. So, I was excited when he was about to show up. And when he did, I was - I couldn't talk. And I believe this is what you call a "culture shock." The clowns in Canada were WAY different than the ones in Korea. Clowns in Korea don't wear much makeup but the ones in Canada have a lot of makeup and their faces are pale white and they have scary eyes. Since then, I have had Coulrophobia. And having Coulrophobia in Canada was - uncomfortable. Every time there was a parade, there was a clown. So maybe that was a bad memory for me when I was in Canada. When I had to leave Canada and come back to Korea, I felt the exact same as when I first went to Canada.

## How to adapt in Canada

Either way, I didn't like it - at first. It took me a lot of time to adapt to the new school. Everyone was everything except Korean. I was the only Korean student. I tried - actually, my mom made me try new things, like figure skating, gymnastics, basketball, volleyball, skiing, swimming, writing novels, and track; you name, I did it! My favorite of them all was figure skating. Figure skating was a great opportunity to learn Canadian tradition. Ice hockey and figure skating are traditional sports in Canada. I watched people play ice hockey. And seeing them work hard, helped me to do my work more passionately.

Also, I was able to gain persistence from watching kids kick hard in the pool to keep them from falling into the water. I think figure skating and swimming was the reason why I could adapt to Canada faster.

## Korea

Coming back to Korea was also a big change in my life. I had to focus more on my studies than on physical activities. It was hard at first because I didn't learn ANY math, or ANY Korean language while I was in Canada. I needed to catch up on everything. Math, Korean language, Social studies, Science, and History. There were so many things to catch up on. For the past few years, I was focused on studying most of the time. I had to understand harder things without knowing the basics. My test scores went down and I reached rock bottom for the first time in my life; low scores. My motivation for studying was back, and my test scores went up quickly, but there were still parts I couldn't keep up with.

I realized that when I came back to Korea, I only thought about the "good parts" of going to Canada. I mean, learning English, making new experiments, or improving my communication skills, things of this nature. But if there are good parts, there are also bad parts. The bad thing about my age group moving to Canada is that there is a lot to catch up on when they return to Korea. Korean students study a lot more than others. But I thought it would be the same, in Korea and Canada. But I was wrong.

Now I am pretty adapted to Korea now. But sometimes I feel weird that I'm not in Canada right now. Two years ago, I felt like I was in a different country, now I feel like Canada is where I'm supposed to be. I'm under the impression that I'm in Canada right now. It was hard to believe I was leaving the country where all my childhood memories were.

**My personality**

I once did a personality test. I was more of an insider in Canada, so I got "a witty activist," a witty activist is a free thinker. They are those who often act as mood makers who find happiness by forming deep social and emotional bonds with others, not simply the joy of life or the temporary gratification of occasional situations. Their personality is charming, active, and caring people. It really matched my personality - in Canada. I became - more independent when I came back to Korea. My personality right now is "a good advocate." The Advocate of Goodwill is the least common personality type, making up less than 1% of the population. Nevertheless, with their own unique tendencies, they firmly establish their place in the world. They never get lazy in our dreams of the ideal we want, and we make and implement specific plans to achieve our goals and have a lasting positive impact. They are sometimes misunderstood, but once you meet like-minded people, you will experience the fullness of joy and inspiration within them.

People nowadays usually don't know who they are. They like to think of themselves as what they want to be. We don't exactly understand ourselves as what we really are. To live a real life, I believe that we need to know ourselves better.

지은이 **정동인**
**Jay Jeong**

## Introducing

There is a boy named Jay and he is 12 years old. But he is actually 13 years old now, and he is always negative and always laughs like a witch. He is always noisy. And he is always full of energy so he always needs to move so he cannot concentrate in class or his homework. He will talk about himself now. His name Jay has a history when he was in the English academy. He doesn't have any English names so his sister named him Jay. His sister is really kind and always gives him some tips as he gets older. Also, his name is easy to say and write. A lot of people say that his name comes from the bird, blue jay, but it does not. When he was 5 years old there was an animation but in there, there was a guy named Jay but that was my favorite character so his English name became Jay. His friends are kind and good at games so he is always sad, but he always has fun. So, today is a story about Jay in second grade.

My best friends Brion, Simba, John, Kevin, Suno, JAM

## Class

"Guys!!!" said Jay.

"Is there any trouble Jay?" said Brian

"Sure!!" said Jay

"Buy a new nerf gun, or are we going to your house and have a fun pajama party?" said Brian.

"No, either I get a new game or…" said Jay.

"Wonderful!" said Friend.

Jay showed his game to others and his friends had a lot of time talking about the game and the first class started. The teacher came and said to the students in a high voice with a great noise.

"Did everyone do all of your homework?"

"Yes ma'am," said the students.

"And now I will check your homework." said the teacher.

When the teacher was checking all the homework, Simba came to Jay quietly and sent the homework.

"Jay, I didn't do my homework. Can you do it? Because you did all of your homework?" said Simba.

"Okay," said Jay.

Jay was doing Simba's homework and finally, he got a good score and he could play during break time. And Simba was very thankful.

Simba said thanks to Jay.

"You're welcome," said Jay.

So Simba and Jay became good friends. Jay, Simba, and Brian did the shooting game. "Fire!" said Brian.

As he was shooting fire in the boy's imagination. Simba was waiting to shoot

"Water!"

As you know, these look silly but actually young children do these things when they play, so the three young boys did this for 10 hours and the bell rang. Simba, Jay, and Brian sat down in their seats and prepared for the next class.

The Worst Math Class!

"Everyone opens your math books to page 4," said The Teacher.

"Okay," said the students.

Actually, students had fun at the beginning but at the end of the class, they were all in tears.

"Everyone you will know that 26 plus 35 is... first you need to add 20 and 30 and it equals 50 then you need to add 6 to 5 so 50 plus 11 is 61 and this is this answer, everyone," said the teacher.

"So now figure this question out," said the teacher.

"Okay the question is 23 plus 75 so 20 plus 70 is 90 and 3 plus 5 is 8 so the answer is 98' "Teacher is the answer "98?"

"Yes you are correct Jay," said the Teacher.

and the other kids started correcting the answers and the bell rang. The last few minutes were the worst, time to get the homework.

"The homework is from 6 to 22." said the teacher.

Students were shouting in tears because it was the longest homework assignment in school, so some students were crying.

And the bell rang

Lunch

Ding dong ding dong ding dong dang dong

"Lunch!" Everybody said.

Jay, Brian, Simba, and a friend that doesn't have an English name start talking about when they became friends.

## Chapter 2

When The Four Children's Friendship started.

It was raining, students were upset that they couldn't play soccer. So they play inside the school. When Jay was walking, someone was following Jay.

"Who are you?" said Jay in a scared voice.

"Hhhhhh" said the mystery boy.

And then the boy was running after Jay but I don't

know why he just fell down. So Jay just pulled him in front of his teacher and he heard lots of nagging from the teacher. Then Jay went to his class and a boy was waiting for Jay.

"It is the worst weather I have ever seen!" said Jay.

"Are you?" said the boy.

And he runs to Jay clenching his fist. So Jay jumped and kicked him but he dodged the punch.

"What kind of big guy is he?" said Jay.

And he ran to Jay one step, two steps. Jay, who thought he couldn't fight with the power, just used his speed and avoided the guy. The boy is too tired.

"You're too slow, are you a human turtle, I'm too tired," said Jay

"Urrr," said the boy with a voice full of anger

"How can such a voice come out of a person's voice," said Jay.

"Done, I lost said the boy"


So when this finishes the boy came to Jay and said,

"Let's be friends," and this boy's name is Brian who is

BFF with Jay. Then Brian showed Jay another boy named Simba and a boy that has no English name. But these three boys became BFFs because of this big trouble. Jay and the kids went to the underground darkroom that is under the four boys were scared so he went and chose rock paper scissors and Jay lost so he went first and Brian and a friend that doesn't have a name and Simba. So they went inside but nothing ever happened so everyone was happy so they played a lot after that day and there were a lot of fights and fun things and the four became best friends.

## Chapter 3 Farewell to our Best Friends

"Hello everybody," said the Friend with no name
"Hello," said the Friends
AND THERE WAS THE WORST PROBLEM WITHIN OUR FOUR MEMBERS!!!!
"Sorry, I think I need to transfer to another school," said the boy that has no English name For a moment

everyone was in silence and soon the three members start crying "Aaaaaaaaaaaaaaaaa!" said The Three Members.

and in the last day, Jay and his friends write letters to him

OKAY BYE MY BEST FRIEND YOU WERE ONE OF MY BEST FRIENDS AND WHEN YOU GO TO A ANOTHER SCHOOL LETS CALL OFTEN AND I THINK THIS WILL BE THE LAST LETTER BYE BYE AND YOU WERE THE FRIEND OF OUR FOUR MEMBERS OUR MEMBERS WILL NOT FORGET YOU AND LAST BYE

And the friends cried one more time and really said GOODBYE and he went and the class started and we were upset.

And in that Jay couldn't sleep that night. Jay didn't sleep the whole night and the boys have dark circles in school. So then we were in silence at school.

"Brian are you okay?" said Jay

"Nope," said Brian

Soon the bell rang and first math second Korean and then Jay slept

And then 50 secounds later. The monster came back to

Jay's back and slam his back and then Jay said
"Ahhh"
Then Jay ran so fast that he had a fire on his back and the teacher laughed a little (I hate my teacher). Then
I need to write six pages of diaries. So then Brian helped with my homework

## MY Diary

Hello, I'm writing this diary because my teacher gives me 6 pages and massive homework so I need to sleep for 4 hours now so today I will tell you about my day that is not cool. That I always play and study so first after school I went to my school and at home, I want to eat some apples so I ate a bunch of them in one hour so that today I will tell you about what happens next I watch TV and I watch something doing the game that I like I want to have that game. That game was so awesome that I wanted to buy it and that I needed more money so then I did so many things for my mother and did some things that my mom likes and I keep and keep the money. Now I can buy a game!!! And that is my first game, Legend of Zelda: the breath of the wild. HaHa and I called my BFFs Brion, and Simba and they knew the game because they have the game too. SO the teacher 2 how to do this game (actually I said it's okay but Brion always tells me to learn because he is good at that game. So we spend time, but the two did the game I just see that. It's fun to see that others are playing my game so I always eat popcorn while watching, I almost felt like I was watching a movie. One hour, two hours later I want to go outside but they are addicted to that game so can't hear my voice. I just left them and slept for a while. When I woke up they were still playing the game for exactly 4 hours and 35 minutes. So I thought to myself that they would be gamers when they are old. I said "STOPPPPPP" I was pleased Simba heard my voice and watched the clock and was surprised and he fell down so I said, "Are you okay?"

Simba who was surprised said

"DO we have anything to do except play games?"

So instead, we starting a drawing game. Simba the Mufasa's son drew things that were terrible. But, he is proud of himself. And when we drew for 20 minutes there was a big scream. Because Brion was addicted to that game. When the game doesn't go well he screams. When I know the reason that he scream I think he was in serious anger house. We had fun so Simba got his phone and clicked the red button on the camera and made a video. Two minutes later, Brion screamed and we laughed a lot but Brion didn't know because he is distracted in the game. And we were watching a movie while he was playing a game for six hours. We except Brion were tired. But Brion has an indomitable power. And 30 minutes later Brion comes to his senses, so Simba was angry because he didn't play, so Simba threw his body and punched Brion. Brion who looks like a giant gorilla uses his body and presses Simba and that was an action movie so I watched while eating my popcorn (I think I watch four movies and are four bowls of popcorn).

Next Simba the Mufasa's son growled and leaped and kicked him but Brion punched back. So this fight is between gorilla and lion in the national geographic area. Ah, and Simba use my toy sword (Why is he using my sword?). The gorilla who is with anger punched and punched and punched, and Simba almost died. The gorilla beats the lion. I cheered for the gorilla and lion. It was impressive. It was a fight that can be handed down to future generations.

Hahahaha this was fun. The gorilla who was in anger hit the lion and not Simba. Because Brion crossed the line, I was protecting my friend. The second battle was alligator vs gorilla. The game started when a gorilla jumped and hit me. I was angry so I just did the Jay 540 spin shooting Yuen Hwa at the Gorilla who is now half dead. It started to run and grabbed my neck so I kicked him twenty-two times. He use all his energy. Finally, the battle animal's peace continued. We slept for a while. This time those two snored a lot so I couldn't sleep well. When they woke up I said bye to them and now I cram my homework. It was a great day.

Back to reality, Brion says to trash the bad things for him. And we stay up all night.

"Jay trash that," said Brion

"No" said Jay

When they have a fight by using two words (erase and no). And then we end the fight by eating ramen. Because they were very hungry they steal their food. After The big fight, we went to their own house and slept for the next few days. Jay who was awake put his legs on top of Brion's head.

"chhhahhhhhhhhhaaaaaaaa"

brion.

지은이 **장진혁**
Francisco Jang

## Introducing

Hello, my name is Francisco Jang and my Korean name is Jin Hyeok Jang. I'm 13 years old and go to Hanbyeol Elementary School. My dream is to be a CEO. I like Management I want to make a big Corporation. I also want to be a Director and writer. I like to make stories. If I become a movie director or a writer I can show my thoughts. I like it. And I like to make ideas. What do you want to be Guys? I recommend being a director will be fun.

My favorite place is the forest. It makes me comfortable. The forest is so wide and grand. I like to play games and word games. Because I like high in freedom games. In an open-world game, I can play with my style and I can do everything I like.

And I would like to go to New York, United States there are so many people and it is very big. I want to experience it. And at night, the building lighting is so Beautiful.

My favorite movie is ready player one. It is directed by Steven Spielberg. His movies are so interesting.

I also like Marvel movies and Godzilla. I like Fantasy Genre movies. My favorite sport is badminton Sometimes, I go to the badminton place and play badminton with my friend. My favorite color is sky blue, it gives me a feeling of refreshment. Sometimes I look up at the sky. It feels very good.

Nature is so beautiful. I like to see ants, plants, and other natural beings on earth. I also like bright caves. Shiny bright places are so beautiful.

Here were some things about who I am and what I like. You also met my family. I hope you enjoyed it.

지은이 **정서우**
Amy Jeong

## Introducing

My name is Amy Jeong and my Korean name is Jeong Seo Woo. I go to Byeolnae, Elementary School in Namyangju-si. I am 13 years old. I like digital drawing, skateboarding, and skiing. I want to be a game illustrator when I grow up because I like to draw game illustrations and animation.

Let me tell you how I will become a game illustrator and animator. It is good to go to an illustration academy, so I am looking to go to one soon. Game illustrators draw various illustrations such as characters and even game posters. An animator draws various animations. Among them, I want to draw fantasy animation. Famous animation companies include Ghibli studio, Disney, and Pixar. Disney and Pixar animate in 3D, and Ghibli

Studios animate in 2D. I prefer 2D animation. but I like 3D animation too. If I become an animator, I want to draw 2D animation. Game illustrators also have people who draw three-dimensional pictures and people who draw flat pictures. But details are important for every illustration.

Next, I will introduce my family. First, let me introduce my sister. My sister's name is Sally Jeong and her Korean name is Jeong Seo Yoon. She goes to Byeolnae Elementary School in Namyangju-si too. She is nine years old. She is very noisy. She likes to skateboard and ski. But she is scared of skateboarding. Maybe her dream is to be a hair designer.

Second, let me introduce my mom. My mom likes colorful colors. My mother works in copying. My mom likes to talk. My mom is good at making kimchi stew. And my mother is very good at Japanese.

Last, let me introduce my dad. My father likes to take pictures and is good at it. And my dad is good at games. and my dad works in Lotte Global Logistics.

지은이 **현하린**
Lina Hyun

## Introducing

My name is Lina. Do you know yourself well? I think we should know about ourselves more than anyone else. Yes! You're right! I'll tell you about who I am, my hobbies, family, my best friends, and my Myers-Briggs Type Indicator or also known as MBTI.

First, I'll tell you about my family. I'll tell you about my brother, mom, and dad. My mom is the best mom and the best chef. Her food is the best food I've ever eaten. I like her tarts the best. Can you imagine a dessert with soft cookies and colorful fruit? It looks amazing and it is VERY delicious too! And she makes delicious food every day.

And my dad is the general manager of Hanwha

Hotel. My dad said that it is high up in the ranking. I was surprised that he was at such a high level! At first, I liked that he was at a high level but I'm sad now. Why? Because I can only see him once a week or on holiday's. I don't like that I can't see him every day, but I like that he is at a high level.

**Lastly**

I saved my brother for last because he is special! My brother's English name is Henry and Hyun Ha Jun in Korean. My brother is 10 years old, and 3 years younger than me. My brother and I play with each other a lot and also fight a lot. But I like my brother.

Next, I want to talk about my hobbies! I have many hobbies. First I'll talk about my favorite hobby, arts and crafts! Recently I made a mini crayon. It is VERY small and cute. Also, I make mini houses too. I cut paper cups and put colored sand, and made a mini house and put on colored sand. It is so cute. I like to make Legos too. I don't just like to make, I like to evaluate Henry's Lego, too. Henry is good at making, and he likes that I evaluate his Legos. One time, we made a Lego house and played with it. We wanted to make it big but it's too tiring so we made it small. Also, we tried to make a robot. We gave up trying to make it big because when we made it a foot long, It was too tiring.

Also, I like to listen to music. My favorite song is "Eleven", made by IVE. I heard this song from my friend. Also, I like the song "drama" from IU. I heard this song in my math academy teacher's car.

I like to play with my dog. When I play with my dog my stress disappears. Also, they are so cute when they do tricks. When they put their nose to my hand, they are so cute. And putting their head on my hand is also cute too!

I like to watch movies. When I find my favorite movie I watch it more than two times. I even watch Encanto (a story with magic tricks) more than three times because I liked it so much.

I love searching about living things on the Internet. I do that because I love searching and learning about new things. Recently, I searched about dogs, cats, rabbits, turtles, ducks, and foxes. But I'm finding out more about foxes. I want to search about plants next.

Next to searching, I also like to play games. I like to play many types of games. Like board games, Nintendo, etc. I like it because It is fun. I like to play Nintendo best because it has 'Gather around, Animal Crossing'.

Now, I'll talk about my best friend, my best friend is Enw Woo, Ji You, and Jiin. They are all in the same class for at least two years. They never fight with me. Enw Woo and Ji You were in the same class for three years. Jiin was in the same class for two years.

Lastly, I'll talk about my MBTI. MBTI is a test. It is a

psychological test designed to find preferred tendencies when recognizing and judging through self-report questions that individuals can easily respond to and to identify and apply these preferred tendencies to human behavior in real life. My MBTI is ENFP-A. ENFP is Based on healthy human psychology. It's a tool for a psychological test. I am not good at rejecting, passionate, exciting, and funny personalities. Peace is better than fighting. My dad said I'm not an ESFP. but I think I'm ESFP. Because I'm not good at rejection, passionate, exciting, and have a funny personality.

   I don't really believe MBTI. But I started believing in MBTI when I finished the MBTI test.

   I think I learn about myself while I'm writing this story. Do you don't know about yourself? And you can write a story like this!

지은이 **권도영**
Roy Kwon

## Introducing

Hello, I'm Roy. I'm 12 years old and I go to Hwarang Elementary School. My school has many after-school classes and many clubs. I am in the boy scouts and it is very fun because I always learn amazing skills. My school has many good teachers. My favorite teacher is the P.E. teacher because the P.E. teacher is kind and fun. If we do well we can play dodgeball. My school is very good. Also, lunch is always yummy. On Wednesday, lunch is best. My friend and I like Wednesdays. My school has many good facilities. For example the library, aquarium, and eco-park. I think my school is so good, so I'm proud!

My personality is to be positive and never lose hope. I think my personality is good! I like watching YouTube and playing games. I love watching Gupsikwang. It is about school stories.

My favorite subject is history. I like history because we can learn the wisdom of one's ancestors, patriotism, and unity. That is why I like history.

My hobbies are coding, reading comic books, exercising, and making legos. When I do my hobbies I am always excited!
I can make many games with coding. I like reading about cartoons. I exercise very well. I can make anything with legos. Legos are so much fun.

My favorite food is Buldak-stir-fried noodles because I can eat spicy food well. Buldak-stir-fried noodle is so delicious. My favorite taste of Buldak-stir-fried noodles is the original.

My favorite sport is soccer. I always eat lunch and go school field and play soccer with my friend. We always make a team by class. Sometimes we make no goals during the game because our condition is not good. At soccer usually, I am the goalkeeper. I block the ball very well. I love soccer!

My MBTI is ENFJ-A. It is a righteous social activist. This is the Top 2%. This fits me perfectly. Also My friends ESFP-A, and ESFP-T.

I have many friends. I think I make a lot of jokes which makes me have many friends. I think I have about twenty friends. We are best friends with each other we are almost not fighting each other.

When I grow up, I want to be a chief of staff of the Republic of Korea because It is the highest status after a president. Also, the chief of staff of the Republic of Korea supervises the army. This job requires at least 20 years in the military. And his term of office is about five years. And he lives almost all his life as a soldier. If I die, you have the privilege of being buried in the Memorial Hall. So I will work as hard as I have the privilege and have the job.

지은이 **권대현**
Justin Kwon

## Introducing

Hi, my name is Justin and my Korean name is Kwon Dae Hyun. I'm 12 years old And I go to Keumsung Elementary School. My life is so good because… I will not tell you. No! Don't go, it's a joke. My life is fun. Let's go!

In 2022, I went to a zoo where there was a hamster. I love hamsters and why you might ask? Because they are so cute! I run to see the hamster and I touch it. Then I put it in my hand. He went up to my Shoulder and it was ticklish so I looked and saw that he ate my Clothes! I was so surprised so, I took it in my hands. It started kicking me. Wow, I guess he is a super hamster. I was thinking that this hamster must be the king. I want there to be a king but in Korea, we only have Presidents, so I want to take him and I put it in my pocket. It's a joke. He is super cute. You don't know how cute it is until you see it yourself.

He makes me crazy. And there is a Turtle. Wow, he is so big like my head!

Wow, I touched the Turtle shell, and the turtle wanted to fight me, so I stepped back. That is not funny. The real funny thing is that I like cats too and I wanted to give a cat a churros but the cat ignored me. I'm sad because the it was meant for the cat but the dog ate it! What? I was nervous but the trainer said it was okay.

지은이 **김나현**
Lily Kim

## Introducing

Hello, my name is Lily and my Korean name is Na Hyun Kim. I am twelve years old. I go to Setbyeol elementary school. My family members are my dad, my mom, and my brother. I live in Byeollae, Namyangju-si, South Korea. I will introduce my dream, my favorite things, and my brother.

First, I'll tell you about my dream. My dream is to be a cartoonist because I like drawing. Sometimes, I like to draw random characters and people. And when I become a cartoonist, I want to be famous on television. Then everyone will see my cartoons. Maybe Mr. Chang can see my cartoon when he becomes a grandfather.

Second, I'll tell you about my favorite things. I like basketball, reading books, drawing, and playing with my best friend Jackie. I played basketball when I was twelve years old. First time I didn't want to play basketball because it was hard for me but gradually it became fun. I started going to an art academy at seven years old because I like drawing. So my dream is to be a cartoonist too. Jackie and I meet when we were five years old in kindergarten. Since then we were best friends. We go to the same school and academy. Sometimes we help each other. My favorite book is "Cherry Shrimp" by Youngmi Hwang because, in this story, the main character said, "I will try hard to be friends with those who like me." I don't know why but I like this sentence so much.

Third, I'll tell you about my brother. My brother's name is Toto. He likes making legos and reading books. But when he gets mad he changes into a scary monster. So when that happens, I needed to run away from my brother because he is too strong, he might even kill me.

Finally, I told you about my dream, my favorite things, and my brother. I hope you enjoyed what I have told you about myself and maybe you can read my cartoons in the future. Thank you for reading my story.

지은이 **김단우**
Benjamin Kim

## Introducing

Hello, my name is Benjamin and I'm twelve years old. I go to Taegang Sahmyook Elementary School.

First, let me introduce my family. In my family, there are six members. There are my grandfather, grandmother, father, mother, younger brother, and me. My mom and grandmother are good at cooking. I think my mom and grandmother's soybean paste stew is the best food in the world! My dad is good at sports, especially bowling because he went to Korea National Sports University when he was 20 years old. My brother likes to play games such as Brawlstars, Pokemon Go, Sword, and Shield.

Second, let me introduce my best friend Aaron. Aaron is good at sports such as ice hockey, soccer, and dodgeball. Also, he is good at math and English too! But he likes to tease me. For example, MC (Manchester City) will beat RMA (Real Madrid). So I took revenge. I logged into Aaron's soccer game account and ruined his player. I said "HAHAHA" to Aaron and ran away.

Third, let me introduce my two hobbies. I like to play soccer because I started soccer when I was 6 years old and I went to a soccer academy before. Another reason I like soccer is that I played soccer in school during lunchtime with my classmates. Another hobby I like is playing games because I saw somebody play brawl stars when I was 8 years old. So I started playing many games.

Let me tell you about the funniest experience I had. When I was eleven years old I went to Seoul Land. When we arrived in Seoul Land, we ate chicken and drank some Fanta and Cola in Lotteria. After, we ate chicken and had our drinks. Then we rode the roller coaster except for my mom and cousin because my mom feels dizzy when she rides the Roller coaster. Also, my cousin is two years old so she can't ride the roller coaster. While we rode the roller coaster, my mom and cousin rode the carousel. When we finished riding we met together and rode the Ferris wheel. The cart we were in was moving because my cousin was dancing on the Ferris wheel. "AHAHAHAH" Bentley screamed. My cousin hit Bentley so I said one more time to my cousin. Bentley was very angry so he punched me. "NO NO NO," mom said. The fight is over. After we rode the Ferris wheel, we went to the arcade. My uncle gave me 5,000 won and he gave Bentley 5,000 won. My cousin watched us play on the claw machine. We played on the claw machines and I got Patrick, and Bentley got Charizard. "Give me, give me," she said because my cousin likes Pokemon.

These are some things about me and who I am. I hope you enjoyed my story. Maybe you can think about who you really are and write about it just like I did.

지은이 **김민서**
Anna Kim

## Introducing

Hello! My name is Anna, but my friends call me Banana. My Korean name is Min Seo Kim. I am 12 years old and I am in 5th grade. I attend Taegang Sahmyook Elementary School.

Let me tell you about my family. There are 4 members: my dad, my mom, my younger sister, and me. My dad likes to watch movies. My mom and grandmother are good at cooking. They especially make Jangjorim really delicious. Jangjorim is beef boiled in soy sauce. My sister likes making or watching Youtube videos. I also like watching YouTube and I like baking too. My aunt is very good at baking I think. But she is so busy so I can see her a lot, but when I do see her, we baked together.

My best friend is Minjung and we go to the same school, but we are not in the same class. We live in the same apartment. We met each other in first grade. We even transfer to the same schools. She moved schools in spring when she was in third grade and I moved to the same school in winter. We both go to Taegang Sahmyook Elementary School. I think I know everything about her because we are always together.

I said that I transferred to another school but my former school had a late winter vacation and is longer than other schools, but Taegang Sahmyook Elementary School has a short vacation. They gave their vacation earlier than others, so I only had two days for vacation. I was so sad about that but I wanted to meet my friend so I transferred to her school. At that time I was so excited to meet my friend.

This month in school I am the one who gets to check my classmates' English word tests. I think it was easy and fun so I told my teacher that I will do that from now on. But I was so nervous and stressed because everyone keeps says "Hurry!" All I can say is, "Ok!". But we fight till 3:29 so I keep shouting, "Go away!" My nervousness becomes angry and then I make mistakes. But still, I like this because it is exciting to check other's tests.

I hope you enjoyed reading about me. If you are curious about who I am, the next time you see me passing by, don't be afraid to ask me any questions. Until then, see you next time.

지은이 **김채은**
**Christina Kim**

## Introducing

Here is a happy memory from when I was 10-years-old. It was before Covid-19 spread to the world. My family went to Malaysia. I remember that we stayed in the plane for more than four hours. They gave us a delectable breakfast because we arrived at 5:00 a.m. When we were almost there, I looked at my phone to check the time, but I was confused because I didn't know if the time was adjusted.

## My Happy Memory

I looked at the time and it was wrong, so I was very startled, but my mom told me how to set up the time here in Malaysia. When we disembarked the airplane, we got our luggage quickly because we needed to save time to do many things in Malaysia. There was a pick-up car from the hotel. We rode it and it was not that far, so we went to the hotel as quickly as we could!

We unpacked our bags and I quickly changed into my swimsuit. Then I went straight to the swimming pool. There were five swimming pools and many slides. We played there for four hours and came back to our room. Our room was very big and cool. There was a TV and we could watch Korean dramas and other programs. My mom and I watched drama and my dad watched soccer programs. At that time I could speak with the natives so my mom said to me, "Can you give me a bucket of ice?" I tried and I succeeded. The next day, we went to an island in Malaysia. We rode a very fast boat. It was so cool! We spent time on the island. There was a playground for kids, so I went there. . About 2 hours later, I rode another boat to go see monkeys and go to the beach. My mom took pictures of the monkey and my mom still has them now, too! Then we rode back to the hotel and went back to our room.

The next day, we swam for 5 hours and went to the Malaysia department store by taxi. When I went inside the department store, my mom said, "First, let's go to Starbucks and buy a cold cocoa for you and coffee for dad and herself." When we finished our drinks, we went to the supermarket that was on the first floor of the department store. We bought some snacks and traditional Malaysian food. Also, we went to the candy store, so that I could buy some for my friends and cousins. We bought lots of candy. When we finished buying food, we went shopping for some clothes and we bought a piece of clothing that had a red flower on it. We also bought a couple of bags and cute rings. We ate spaghetti and pizza for lunch. We bought chicken for dinner and came back to our room. On the last day, we prepared to go to the same department store that we went to yesterday. My mom bought some hand cream and bought me a little toy that can make rings. After that, we went back to Korea. And that's all from my best trip.

## My Simple Information

My name is Christina and my Korean name is Kim, Chae Eun. I think about my English name. My Korean name is Chae Eun and I want to put 'Ch' in the initial letter so I thought about my English name for almost half of my summer vacation. And I had an idea, so my name became Christina. My Korean name was made by a place that makes names for you because my grandmother went there and asked him what is a good name for me. 'Kim' is the same as my dad's last name. 'Chae' means silks and 'Eun' means favor. This year, I became 12 years old. I am a female. I go to the Sangmyeong Elementary School. It's a private elementary school so they think all subjects are important, so they make students learn more and study more. We need to learn English and Chinese as second and third languages. Also, in our school, there are many after-school activities so we can learn about other activities, too. There is a big swimming pool and a big gym. There is a nurse's office for those who are in pain or got hurt. In my school, there are many classes and things to do.

**My Family**

There are three members in my family and they are my mom, my dad, and me. My mom was born in Uijeongbu, my dad was born in Busan, and I was born in Uijeongbu. My mom is 41 years old and my dad is 43 years old. My mom is good at things that she can do with electronic devices and my dad has good handwriting. Also, my mom is good at tying my hair and fashion. I think I look the same as my mom and everyone says I look the same as my mom. My parents have nice personalities; they always like to greet everyone. Also, until now we have lived in Uijeongbu since I was born. They picked Uijeongbu because that time my mom and dad's business was in Uijeongbu and my grandparents live in Uijeongbu as well.

## My Favorite Food

I have many favorite things that I will now talk about. First, my favorite foods are chocolate, macaroons, and strawberry cookie frappes from Mega Coffee because I like sweet foods with chocolates. I like the smell of chocolate, its taste, and its texture. I like it when I put it on my tongue and it slowly melts. As for macaroons, I like the top part and only if it's chocolate flavored. If it's not chocolate, I don't like it. I like that there are many shapes in macaroons. When I eat bread and chocolate parts together, it tastes twice as much sweeter than eating each part one by one. I always go to my favorite macaroon shop and buy chocolate macaroons with my mother. And I only eat macaroons from that store. Strawberry cookie frappes. I like strawberry flavors with chocolate cookies. When I drink it with cream, it tastes twice as good. Sometimes Mega Coffee store people give me a lot of whipping cream. And I like dark chocolate so when I go to the market I always buy crunchy chocolates or dark chocolates.

## My Favorite Color

My favorite color is white. I don't like fancy colors but I like neat colors so I like white. I like white because with that color we can make pastel colors and I like pastel colors. I like pastel colors because it's not that fancy and I like pale colors. But not more than white. Almost everything in my room is white or pastel colors. I like to wear a white jacket, too. When I pick colors I always pick white and if there are white things, I like to buy them.

## My Favorite Subject

I like English and in English, I like reading and writing. I like learning new subjects and almost always being interested in new things. When I first learned English, I thought that I would like it and I could learn it more than other subjects but, I learn this little bit and I think I can do this subject very well with effort. I said I like writing and reading in English because I like to read. I read about many different kinds of subjects and genres. When I read articles and solve questions, I like that I can understand, but I love that I can solve it even more. In writing, I like topic writing and free writing. I like topic writing because I can think more about the topic and do the research. I love researching about facts and statistical information. Free writing, when I have an idea, I can immediately write many things. Also, sometimes I like it when we can discuss our ideas before we write. I love that because we can share our opinions and listen to others opinions as well. Right now I am thinking about speaking and since last week, I have come to love speaking with my teachers and friends. I love to speak my opinions and talk to everyone and also give speeches. I love speech writing because it's a task where we can go on stage and tell the audience my thoughts. I think I am doing a good job in writing, reading, and speaking. I love learning English and I also love learning other languages, like Spanish and French.

**My MBTI**

Do you know what is MBTI? MBTI has 16 types of personalities. It is not a specific personality test but many people try it for fun. My MBTI is ENFP. Also, MBTI is a personality type test. There are 16 personalities and with that, we have a description of of our own MBTI. My MBTI ENFP is a campaigner that loves to move. There are traits of ENFP and there are 8% ENFP in the world. ENFP is very active and creative so they always make new ideas or make new friends. After playing with friends, they have more energy when they come back home. They can't pay attention well. But sometimes they have momentary concentration so if they study for a test they get a 100%. They always smile and are happy, and if they meet a person with the same personality type their energy explodes and they smile even more than ever. They love to buy everything at once and they are not good at making plans or preparing plans. They always do their work at once. Sometimes they act like young children but they react well to other people's worries. And they don't have to worry about themselves. They love people and love to get attention from other people. But sometimes they need their own time when they are tired or sad.

## My Advantages and Disadvantages

Everyone has their own advantages and disadvantages. No one is perfect so everyone tries to make himself or herself perfect. I have many disadvantages like not being good at listening or sports. But I'm trying to make my disadvantages into advantages. For example, I try my best in P.E. class with effort. I'm not good at running because I'm not fast. I want to be faster at running but, I just hate sports. When we play baseball or soccer I hate it because the boys throw or kick the ball too strong so, it hurts. And also, I think it's because I have no interest in baseball and soccer which is why I don't care a lot about it. However, I like dodgeball, stretching, and swimming in P.E. class. When I was in first grade and second grade, I loved swimming because it was fun. But because of Covid-19 we can't have swimming classes. When Covid-19 gets better, I hope we still don't have swimming classes because I don't like water right now. One of the reasons that I don't like water is because of depth of our school swimming pool, it's just too deep and scary. I know that I don't like sports like running and basketball but, I need to do them because at the end of the day, it a grade on my report card. However, I'm trying to enjoy it as much as possible and perform my best.

## My Favorite Games

Almost everyone in the world likes to play games. We all play different games, like most boys play gun games, but on the other hand, most girls play nail art games or hair salon games. I like to play Toca Boca and Magic Tiles. Toca Boca is a game for everyone. We can decorate our characters or our house. There will be supplies for decorating and making new characters. There are many cute pets and there are many buildings. In the building, there are many things like hair pins, hairstyles, and clothes.

Magic Piano Tiles is also a very famous game. It is a very easy game where we only need to press the tiles on the screen along with rhythm of the music. Every time we play a game, it give us coins which allows us to buy new songs. I love these kind of games but I don't play it too much because it makes our eyesight bad.

## My Hobbies

I love to do many things when I have free time. We call it a hobby. I think I have too many hobbies like drawing pictures, watching movies, reading books, and making things. I think I'm good at origami where we can fold colored papers to making flowers, hearts, and stars. Also, I'm good at drawing. I like coloring and collecting colored pencils and highlighters, too. I love to color things and I like to collect stickers and memo pads, too. When I read books, I feel like I'm learning about a new world and learning everything that's in it. I want to become more clever, so I read many books. I like to read both nonfiction and fiction stories. I think watching documentaries and adventure movies are great fun too because it can help me in the future. When I go to the theater, I like to watch movies in English because my English ability has gotten better. I will make more hobbies for myself.

## My dream

There are many jobs in the world, there are designers, teachers, and authors, etc. My dream is to become a hepatobiliary and pancreatic surgeon or a thoracic surgeon. I want to be a doctor because I want to be able to help in need. One time, I saw a baby in the hospital and that baby was very sick. The baby had to take a lot of medicine and was on an oxygen respirator. At that time I was 6 or 7 years old. From that time, I think thats when I knew I wanted to be a doctor that could give everyone happiness. Since then I studied harder at school. At first, my mom said I need to study English and Mathematics. The first time I studied English, I thought this was so boring, but I tried my best and two years later I improved my English skills. For Mathematics, I did the same thing I did with English. All my efforts made me one step closer to my dream. Now my mathematics score is better than a few years ago and I almost always get 100. In other subjects, I get good scores so all I need to do is keep up the good work to be the best in this world. I will be an amazing doctor that can help everyone in the world.

## Conclusion

I think this is all I can say for now but, if you want to know more just wait until I become a doctor. I still have a lot more to learn more about myself. From now on, I will only put my effort into everything and never give up. I hope you enjoyed read about who I am.

지은이 **도현빈**
Aaron Do

## Introducing

My name is Aaron and I'm 12 years old. My Korean name is Hyun Vin Do. I go to Taegang Sahmyook Elementary School and I go to four academies. I go to math academy, Apple English, The Growfit Academy, and basketball academy.

Two weeks ago I was extremely happy because the Basketball teacher said to me "Do you want to try out for the team of this basketball academy?" Being a basketball player is one of my dreams. I want to go to the national team, but I know I'm not that good. I think the reason the teacher asked me is because of my height. I am 169.5 cm tall. I wish I can go back to the time I started playing basketball with my dad. I want to be a good player in the future.

Now, let me tell you about my family. There are four members in my family, there are my dad, my mom, my sister, and me. My dad and my mom are the same age. My sister's English name is Chloe Do. She is eight years old. She goes to the same school as me. Chloe and I have an age gap, and it's neither good or bad. My dad is an ice hockey coach. When I watch Ice Hockey, it always makes me quite nervous because there's a lot of aggressive players with a lot of contact. My mom's is a ballet instructor. The Growfit Academy is my mom's academy. My mom helps kids grow with a good posture.

My advantage is that I have many advantages. I will only tell three of my advantages. First, I love studying. I think it inevitable because students cannot avoid studying. That's why I enjoy studying. Also, I'm a positive person. There once was a time my best friend, Benjamin teased me, but all I thought was that he was an ignorant boy. Why? Because we are 12 years old but he still teases others like a child. Third, I never give up. If I get injured and the injury is not serious I keep playing. These are my advantages.

My best friend is Benjamin. His Korean name is Dan Woo Kim. We have been friends for seven years. Benjamin and I go to three of the same academies. We go to Math, English, and Basketball together. We are in the same class this semester in school. He has good athletic abilities. He is good at basketball, soccer, and dodgeball, but I think I'm smarter than Benjamin. He always said, "I am a genius!" Do you think he is a real genius?

These are some things about me. I would tell you more, but where is the excitement in that? I'll save some for next time. In the meantime maybe we can play some dodgeball, so I can show you my skills. I hope you enjoyed my story.

지은이 **박이안**
Ian Park

## Introducing

Hello, I am Ian and I am 11 years old. My home is in Byeollae and I go to Shepherd International Education. It is an English school that is located in Seoul. It is far, but I really like going there.

First, I would like to tell you about my family. There are four people in our family: my mom, my brother, my dad, and me. My mom was a dentist but she quit being a dentist because of my brother and me. Now she is trying to start a cafe. My brother's dream is to be a Lego designer. My dad is an investor in my school, SIE. I like the game, King Legacy. It's a fighting game and you can earn a bounty. Also, my favorite food is chicken because it is crispy and also salty. Also, my favorite animal is chicken because it is cute and it tastes good.

My favorite subjects are physical education and information technology because I like to play and make things. My hobby is playing games because I just like playing. My favorite music is Swing Rabbit, Agile Accelerando, True Fun Maker, and Ju Party.

Lastly, let me tell you about my dream. When I grow up, I would like to be a blacksmith because one day I would like to make some tools. I love to make cool shapes and crafts. A blacksmith can make anything they want so it was perfect for me so it is my dream. Also, I can make tools and use them by myself and I don't need to buy things. Also, I can sell those tools to make money too. I chose to be a blacksmith because I really like the YouTuber: Chip, he is a cook but also a blacksmith. He makes things that he needs for cooking. So being a blacksmith is my dream. If I make a Damascus knife then I can get 2000 dollars so I can earn money easily. Also, I am going to help my mom run the cafe by cleaning the floors and cleaning the windows.

지은이 **유우민**
Melissa Ryu

## Introducing

Hello, my name is Melissa. Let me tell you about myself. My Korean name is Woo Min. I'm a 5th-grade girl. I have the cutest sister in the world, Ji Min. I live in Nam Yang in South Korea. There are four members in my family. My mom, dad, Lucy, and me. My mom and dad work and Lucy is a 3rd-grade student. I have long hair and I am tall. I also like to spend time with my family. From now on, I'm going to introduce myself in detail.

First, I'll tell you about my dream. My dream is to be a doctor. I really want to be a doctor when I grow up. I want to be a doctor because I want to fix other people's diseases and save their lives. It would also be interesting to study many diseases or something which has not been solved yet because I like mysteries and solving them. And being a doctor is an attractive and great job. I want to go to the emergency department, neurology or pediatrics. I want to go to the emergency department because I could meet many kinds of patients or the neurology department because there are many mysteries about the brain. Also, one day Mr. Chang might come when he becomes a grandfather. Also, there are lots of old people so there will be a lot of patients. I think the pediatrics department will be great because I love young kids. Though, it would be hard to become a doctor. I need to study really well and a lot. It will be hard but I'll never give up.

Next, I'll want to tell you about what I want to do right now. I want to travel to other countries. Among many countries, I want to go to England, the United States, Italy, France, or Australia. It would be very exciting to go to all these countries but if I can't I wish I could go to some of these countries. I think it would be wonderful to go to England. I want to go to England because, in England, there is a Harry Potter museum. I really like

Harry Potter enough to read the book more than ten times. I would love to buy magic wands, customs, and other Harry Potter items. I also want to see the Big Ben clock and go to a museum. I'd love to go to France to see the Eiffel Tower and to Italy to see the Leaning Tower of Pisa and eat pizza and spaghetti. Lastly, I want to go to the U.S.A. and see the Statue of Liberty and go to Mount Rushmore. As you see, I really like to go on trips. I really want to go there right now!

From now, I will tell you about my hobbies. I really love sports. Among the sports, I especially like skateboarding, figure skating, and skiing. I also like pole dancing, but my mom said that there are so many other sports that you can try. So I decided to be satisfied with skateboarding. I started skateboarding these days and I'm pretty good at it. I really like to skateboard now. I go to the academy every Saturday evening after I finish my favorite academy APPLE English. Sometimes I fall down but when I fall, I try to not fall hard, or I just jump off the board before I fall down. I also play piano, violin, flute, and cello. I'm pretty good at the violin and piano. But as for the cello, I started it recently at the school orchestra but because of covid, I was not able to go so I forgot almost everything. I like sports and music. They are fun.

Now, I'll tell you about the biggest change in my life. The biggest change in my life is that I became school vice president. When we are in the fifth grade, we can be a candidate for vice-president so I decided to run as a candidate. The day which I should say what I'll do if I became a vice president, was a very nerve-racking time. I was worried that I might say something wrong. But I think I did well and I became the school vice president! It felt great.

And now, not only do I have a lot of things to do in school, I must help everyone in the school. They even know my name. One day, I was going to class from P.E. class and some 6th-grade student said, "Ah there is our school vice president Woo Min." Not only this, I have a lot of things to do in school. I have to go to class from

3-5 every Monday. And have meetings. I have a lot of things to do on that day. I even have an orchestra, a meeting, go to the library, English, and piano. So busy! I sometimes even need to go to the principal's office. I needed to clean the health room but the days changed. So it's better. But I like having busy days.

Next, I'll tell you about my favorite subject and academy. My favorite subjects are math, science, art, and English, but the days I like playing. I like math because it is fun and there is an exact answer. I also like science because we can conduct experiments. I like it so much. I like art because I like drawing and in that class, we don't study. This is why I like these subjects. Next, my favorite academy is APPLE English and Board Korea. I like APPLE English because the teachers are fun and I also like the teachers. The teachers are so fun and they make me want to go there. Also, I like Board Korea. It is a place where we learn how to ride a board. I started to go there this month and I really like to go there because skateboarding is fun and I like the new techniques I learn.

Finally, I introduced myself and how I really like the activities I do and my life. I told you about my dreams, hobbies, what I would like to do in the future, the biggest changes in my life, and my favorite subject and academy. What's yours?

지은이 **허단우**
Jackie Heo

## Introducing

Hello, my name is Jackie Heo and my Korean name is Danu Heo. I am twelve years old. I go to Satbyeol Elementary School. My family members are my dad, my mom, and my sister. I live in Byeollae, Namyangju-si, South Korea. I will introduce my dream, my favorite things, and my family.

First, my dream is to become a neurologist, and the strange thing is, I don't know why. One day I want to be a doctor. If I become a doctor I will want to treat a lot of people. However, I must study a lot and study very well. It will be so hard, but I will try my best. My math teacher said that "If you put up with the hardship now, you can do what you want later," so I will work harder and harder. My mom and I think math is important so I will study math more. I'm having a hard time right now, but I think I can do better because of my mom's support so I want to say, "thank you" to my mom.

Second, I will tell you about my favorite things. I like to travel, watch movies, read fiction, and play with my friends. Last Saturday, I went to travel to Yeouido, Seoul to see the cherry blossoms. It was so beautiful, and after I watched a baseball game with my family. LG and NC, which are Korean professional baseball teams, played against each other and LG won. Watching baseball games with my family is one of my favorite things to do.

Next, I like to watch movies. I like to watch movies because once I watch a movie, time flies, and I like the quiet atmosphere of the movie theater. Recently, I watched Spiderman: No Way Home, and Sing Together. Spiderman: No Way Home is about a high school student and Sing Together is an animated musical.

Also, I like to read fiction. Lately, I read about two to four books a week. Currently, my favorite book is "If You Fall in Love with Dokgosom" by Jinhui Heo. Dokgosom is a middle school student. She and her mother are witches. Dokgosom is friends with Yulmu. She is best friend with Dokgosom and she is a detective in her class. I think this book is funny because Dokgosom uses magic that is fun. In the story, when she feels good her cats are flying, and when someone says something to her, she can cast a bad spell. I also like playing with my friends. I like playing with my friend Lily because I feel stress-free when I play with her.

Now, I will tell you about my family. In my family, there are my dad, my mom, my sister, and me but I will also tell you about my uncle. First, my dad, Hong Min Heo, is a Guri City public official and he is in the civil engineering department. My mom works in a clothing store and she is also my best friend; she is the greatest mom. My sister's name is Amy and her Korean name is Ji U Heo. She looks cute on the outside but does not let her looks deceive you. She is so scary and strong because she usually punches me a lot. Sometimes, I love my sister because she does nice things for me. However, I fight with her almost every day. Here is something that I want to tell you about my uncle. He worked in a REOROVER company about four years ago, and now he moved to a different company so I don't know which company my uncle works for but I know he works and lives in Canada. His house is in Montreal. Before Covid-19 my uncle came to Korea and he gave me presents, like a doll, legos, and many other things. I love everything about him and especially the presents. Above all, I miss my uncle. Maybe he can come in December. I hope he can come in this year.

Here were some things about me. I told you about my dream of becoming a doctor. I like to travel, watch movies, read fiction, play with my friends, and I even told you about my family. What is something else that you would like to know? Thank you for reading my story.

후엠아이

| | |
|---|---|
| 1판 1쇄 발행 | 2022. 08. 10 |

| | |
|---|---|
| 지 은 이 | 김혜린, 박시우, 이다연, 강민주, 김학빈, 이태은, 장진혁, 정동인, 정서우, 현하린, 권대현, 권도영, 김나현, 김단우, 김민서, 김채은, 도현빈, 박이안, 서은유, 신유진, 유우민, 이승하, 허단우 |
| 발 행 인 | 박윤희 |
| 발 행 처 | 방과후이곳 |
| 기 획 | 공글 |
| 편 집 | 성승제, 전원선, Albert Chang |
| 디 자 인 | 디자인스튜디오 이곳 |
| 등 록 | 2022. 07. 11 신고번호 제 2022-000069호 |
| 주 소 | 서울 송파구 송파대로44길 9(송파동) 4층 |
| 팩 스 | 0504.062.2548 |

저작권자 ⓒ 김혜린, 박시우, 이다연, 강민주, 김학빈, 이태은, 장진혁, 정동인, 정서우, 현하린, 권대현, 권도영, 김나현, 김단우, 김민서, 김채은, 도현빈, 박이안, 서은유, 신유진, 유우민, 이승하, 허단우 2022
이 책은 저작권법에 의해 보호를 받는 저작물이므로
저자와 출판사의 허락 없이 내용의 일부를 인용하거나 발췌하는 것을 금합니다.

잘못 만들어진 책은 구입하신 곳에서 교환해드립니다.
값은 뒤표지에 있습니다.
ISBN  979-11-979492-9-6 (43800)

**방과후이곳**
방과후이곳은 "도서출판이곳"의 임프린트 브랜드입니다.

| | |
|---|---|
| **홈페이지** | www.bookndesign.com |
| **이 메 일** | bookndesign@daum.net |
| **블 로 그** | blog.naver.com/designit |
| **유 튜 브** | 도서출판이곳 |
| **인스타그램** | @book_n_design  @after_school_book |

이 도서의 국립중앙도서관 출판예정도서목록(CIP)은 서지정보유통지원시스템 홈페이지(http://seoji.nl.go.kr)와
국가자료종합목록시스템(http://www.nl.go.kr/kolisnet)에서 이용하실 수 있습니다.